Wilhelmine Peters

Der Weg zum neuen Bewusstsein und zur Seelenpartnerschaft

edition nove

Printed in European Union
ISBN 978-3-85251-132-0

Gedruckt auf umweltfreundlichem, chlor- und säurefrei gebleichtem Papier

www.editionnove.de

Der Weg zum neuen Bewußtsein und zur Seelenpartnerschaft

Liebe Lichtarbeiter und alle, die es werden möchten

Ihr seid alle herzlich eingeladen

Jesus bat mich, dieses hier aufzuschreiben, mit dem Wunsch, daß sich viele Menschen eingeladen fühlen ihren Weg **jetzt** zu gehen, die Anbindung an den lieben Gott anzunehmen und auch wiederum anderen Menschen die Anbindung an den lieben Gott zu ermöglichen. Viele Lichtarbeiter wissen, daß das Endzeitalter schon angefangen hat und weiterhin viele Helfer benötigt werden, den noch zögernden Menschen den Weg zum lieben Gott aufzuzeigen. Das ist auch das Zeitalter der Eigenverantwortung - jetzt endlich können alle Menschen wieder selber den Kontakt zu Jesus und dem lieben Gott –wie auch immer er in der jeweiligen Religion genannt wird – aufnehmen. Alle Ängste werden nach und nach aufgearbeitet und aufgelöst. Diesen Prozess können wir alle sinnvoll unterstützen, indem wir regelmäßig meditieren. Damit zeigen wir den Willen, unser Ego aufzulösen und in der Meditation bekommen wir Teile unserer früheren Leben gezeigt, wenn es in der göttlichen Ordnung ist und uns beim Auflösen unseres Karmas und unseres Egos behilflich ist. Wir waren nämlich nicht immer in allen Leben Engel! In der Meditation **erfahren** wir, daß wir nur von anderen Menschen das gleiche zugefügt bekommen, was wir ihnen selber angetan haben. In meiner langjährigen Praxis habe ich erfahren dürfen, daß es meist sogar die gleichen Worte waren, die wir selber gegen andere gebraucht und ausgesprochen haben. Sie gehören in ein anderes Leben, und doch verfolgen sie uns unbewußt in unser heutiges Dasein, bestimmen und beeinflussen unser Leben auch heute noch .

Es geht uns nicht darum, mit drohendem Zeigefinger da zu stehen. Vielmehr haben wir alle ähnliche Erlebnisse hinter uns, ähnliche Taten begangen. Wenn wir jedoch sehen, was wir ausgesät haben, dann können wir sehr viel von unserem Ego auflösen , da wir doch immer noch dazu neigen, die Augen vor den eigenen Fehlern zu verschließen oder im Gegenteil dazu uns als nicht würdig zu sehen und den anderen die Aufbauarbeit für unser gemeinsames Leben in Frieden und Freude und in bedingungsloser Liebe zu überlassen.

Außerdem kann man leichter und vollständiger vergeben, wenn man die Hintergründe kennt und weiß, was man eigentlich vergibt.

Im Kapitel „ Übungen für Zuhause“ finden sie die Meditation, die Jesus immer wieder empfiehlt und die mir den Zugang zu ihm und seiner Liebe eröffnete. Seine Liebe zu uns hilft uns dabei, uns auch selber anzunehmen und lieben zu lernen, so wie wir wirklich sind.

Es ist uns ein Anliegen, die Menschen auf ihrem Weg sinnvoll zu unterstützen, hinein in die Eigenverantwortung und in die bedingungslose Liebe und dies könnte der richtige Weg für euch darstellen. Erst ohne

Ego ist bedingungslose Liebe möglich.

Wenn wir ernsthaft und ehrlich den Wunsch haben, unseren Mitmenschen und uns selber zu vergeben, dann hilft uns der liebe Gott gerne dabei. Wir müssen ihn nur darum bitten, denn Vergeben ist göttlich , wir können das ohne ihn noch nicht. Ich kenne noch keinen lebenden Gott, der das schon alleine beherrscht. Er sieht uns nicht so gerne in unserer Opferhaltung, er möchte uns fröhlich sehen. Opferhaltung kommt aus unserem Ego, worauf wir später noch mal zurück kommen, ebenso wie unsere Selbstüberschätzung.
Unser bewußtes Denken steuert unser bewußtes Handeln. Wie ist es aber mit dem Unbewußten ? Ein Großteil des Gehirns arbeitet unbewußt , und trotzdem erfüllt es lebensnotwendige Maßnahmen wie zum Beispiel die Steuerung von Atmung und Herzschlag. Also existiert es. Das Unbewußte steuert unter anderem unser Handeln in Kriesensituationen. Kurzschlußhandlungen sind die Folge,Verletzungen aus dem Ego heraus und noch schlimmer, die Rechtfertigungen vor sich selber und vor anderen Menschen, die eine Reflexion und damit eine Bewußtwerdung beinahe unmöglich macht. Wenigstens zu diesem Zeitpunkt. Wer kennt das nicht? Und das alles aus unserem Schuldgefühl heraus, da wir doch selber die Initiatoren sind, und gleichzeitig Angst davor haben, daß der liebe Gott das auch gesehen hat und nicht gut heißt. So erfinden wir immer wieder neue Ausreden für unser Ego, z.B.: Er hat das verdient, Ich habe ihm nur das zurückgezahlt, was er mir angetan hat, Auge um Auge...oder auch aus der Angst her-

aus: Ich halte auch die andere Wange hin, dann bin ich nämlich besser als die anderen , dann bin ich Opfer. Aber ohne Opfer gibt es auch keine Täter....
Bis wir irgendwann erkennen, ob in der Meditation oder in einer Gruppenarbeit, daß wir uns nur nicht selber so sehen können oder wollen, wie wir sind, nämlich mit einem Anteil vom Ego, vom „Bösen", mit „Fehlern". Wenn wir unsere Unvollkommenheit nicht sehen können und wollen, dann können wir uns natürlich auch nicht vergeben. Wir reagieren so wie kleine Kinder, halten uns die Hände vor die Augen und hoffen, daß der liebe Gott unsere Unvollkommenheit nicht sieht, weil wir es ja selber auch nicht sehen. Wir schämen uns für unser Verhalten, vor Gott und natürlich vor uns selbst. Viel Zeit und Energie wird damit verschwendet, dieses Verhalten nicht sehen zu wollen und es auf andere zu projizieren, um es dort bekämpfen und auflösen zu können, was natürlich nicht geht. Und dann wird endlich klar, daß wir uns noch immer mit unserem Ego identifiziert haben, denn wir rechtfertigen uns in Wahrheit vor unserem eigenen Ego.
Wenn wir es schaffen, daß wir uns und den Anderen vergeben, mit Hilfe vom lieben Gott natürlich, dann sind wir der bedingungslosen Liebe und damit auch der wirklichen Freiheit schon sehr Nahe.
Vergebung ist nötig , um die bedingungslose Liebe leben zu können, da wir auch nur über die Vergebung unser Karma auflösen können. Ohne Vergebung setzen wir den Kreislauf von Ursache und Wirkung immer weiter fort Das ist es auch, was wir von der Kreuzigung lernen sollen. Der ans Kreuz geschlagene hat seinen Peinigern und Mördern vergeben. Mehr noch, er hatte

sogar Mitgefühl mit ihnen, weil er ihr Karma schon ahnte und wußte, daß es schwer werden würde für seine Peiniger, dies aufzulösen.

Irrtümer in der heutigen Zeit

Viele meiner Kollegen und Schüler setzen Hellsicht mit hoher Schwingung gleich – nun , so ist das nicht. Viele Menschen, die hellsichtig sind, haben dies in früheren Leben gelernt, mit bestimmten Techniken aus dem schamanischen zum Beispiel, oder channeln Verstorbene, das ja durchaus alles seine Berechtigung hat.Verstorbene zu befragen, wenn man trauern möchte und / oder noch vieles unausgesprochen ist oder wenn man den Segen von ihm erhalten möchte in eine neue Partnerschaft gehen zu dürfen, ist grundsätzlich sehr heilsam, wobei wir absichtlich grundsätzlich schreiben. Man sollte auch im Falle einer Ablehnung der neuen Partnerschaft, eines neuen Geschäfts oder eines Verkaufs nicht die Verstorbenen entscheiden lassen. Schließlich hat es auch einen Grund, warum dieser Mensch verstarb.Vielleicht ist es ja wichtig gewesen, damit der noch Lebende lernt, seine eigenen Entscheidungen zu treffen. Da alles vorher abgesprochen ist, wäre dann der Tod dieses Menschen nicht so zwingend notwendig gewesen, denn der noch lebende hätte diese Lernaufgabe nicht angenommen. Denn auch Verstorbene sind nicht automatisch mit dem Tod Allwissend, Egofrei und in der bedingungslosen Liebe. Vielmehr haben natürlich auch sie noch mit dem noch nicht aufgelösten Ego zu lernen und Hilfestellung den Hinterbliebenen zu geben, wenn es so abgesprochen ist. Dabei kann auch der Verstorbene einiges von seinem Ego auflösen.

Karma

Was man aussät, das erntet man.

Es wird oft geschrieben und / oder gesagt, daß es kein Karma gibt. Das stimmt erst dann, wenn wir uns und unseren Mitmenschen unsere Worte, Gedanken und Taten vergeben haben. **Unsere** deswegen, weil wir sie selber in die Welt gebracht haben und sie aus unserem Innersten entstanden sind. Nun haben wir also die Chance bekommen, unseren inneren Frieden zu leben, indem wir das wieder auflösen, was wir ausgesät haben.
Ein Beispiel, ein Mann geht mit anderen Männern zusammen nach Afrika, um dort Sklaven einzufangen. Die Frauen und Kinder des ausgesuchten Stammes werden alle getötet, die Männer werden gefangen genommen. Ein Kind, ein Mädchen, wird zunächst übersehen. Erst später wird es lebend gefunden, nach dem Blutrausch sind die Männer jedoch müde und milder gestimmt, und der eine Mann nimmt das Baby mit nach Hause, nach England, um dort vorzuführen, daß Farbige Menschen nur schmutzig und darum dunkelhäutig sind. In England wird dieses Mädchen dann mit Seife gewaschen und mit einer Bürste abgebürstet, bis die Haut blutet. Dieses Mädchen wird dann als persönliche Sklavin des Mannes gehalten, sie wird von ihm vergewaltigt und beschimpft. Im heutigen Leben ist dieser Mann dann eine Frau , die von demjenigen adoptiert wurde, der damals dieses Mädchen war. Dieser Frau widerfährt nun genau das gleiche, was sie damals dem Mädchen angetan hat. Mit Klorix ist sie gebadet worden, wurde beschimpft wegen ihrer schwarzen Hautschuppen im Handtuch und wurde vergewaltigt. Auch die Beschimpfungen waren genau die gleichen, sogar wörtlich, wie der liebe Jesus uns zeigte.
Ein längeres Beispiel, in dem es um das Zusammenspiel

von mehreren Leben geht:
Wenn zum Beispiel eine Frau ihren Mann im Leben nicht wirklich lieben konnte weil sie Angst vor wirklicher Nähe hat- er ist ja auch nicht ihr Seelenpartner- und nur bei ihm blieb, damit sie nicht alleine ist, dann kann sie dieses Karma - was ja aus einer Angst also aus dem Ego heraus entstanden ist – auflösen, indem sie dem Partner dabei behilflich ist, die Liebe mit einer anderen Frau leben zu können. Manche Verstorbenen und auch manche Lebenden wissen dies jedoch nicht bewußt, trauern länger als vom lieben Gott gewünscht, aber jeder Mensch macht sich ja seinen Zeitplan selber, darum ist das auch in der göttlichen Ordnung. Auch der Mann hat natürlich einen vermeintlichen Vorteil, in diesem Fall nämlich auch Angst vor echter Nähe und Angst davor, verlassen zu werden. So kann er diese Angst vorübergehend unterdrücken. Bei seiner Seelenpartnerin ist dies nicht lange möglich, da nämlich wird er sich mit seiner Angst auseinandersetzen und sie auflösen, weil seine Seele ihn dazu drängt.
Dieses Beispiel kann man natürlich auch auf andere Partnerschaften, Familien und auch auf Gruppen übertragen, bitte immer selber nochmals nachprüfen.
Das Bewußtsein verändert sich und viele Dinge werden klarer und logischer.
Wenn man dann noch weiter zurückgeht in der Zeit im obigen Beispiel, dann erkennt man vielleicht, daß diese Verstorbene in einem anderen Leben die Harmonie der beiden noch Lebenden aus dem Ego heraus zerstörte, wobei alles was von der geistigen Welt zugelassen wird auch seine Berechtigung hat .Die Verstorbene kann also mit einmal viel Karma auflösen,

wenn sie sich führen lässt, oder noch viel Karma aufbauen, wenn sie zu sehr im Ego ist und ihre Aufgabe nicht annimmt. Auch im Himmel gibt es den freien Willen. Nur absichtlich lügen dürfen sie nicht, das wird verhindert. Aber wenn man noch ein Ego hat, ist die Sichtweise oft gefärbt davon, was aber kein absichtliches Lügen darstellt.

Da wir ja schon wissen, daß wir immer nur das ernten, was wir selber ausgesät haben, können wir im Beispiel auch davon ausgehen , daß auch die noch lebende Frau etwas aus dem Ego heraus getan hat. Die noch lebende Frau hat also selber mal die erste Frau davon abgehalten mit deren Seelenpartner glücklich zu werden. In diesem Beispiel geht das bis auf Atlantis zurück. Sie hat dafür gesorgt, daß die Verstorbene mit ihrem Seelenpartner nicht glücklich werden konnte ,da die noch lebende Frau an der Zerstörung von Atlantis mitbeteiligt war und so die beiden voneinander trennte. Niemand konnte dem Anderen vergeben , also setzte sich dieses Egospiel von verletzt werden und verletzen fort.

Und nun noch die Krone dieses Spieles: Da die beiden , oder in diesem Fall die vier, sich das erste Leben so abgesprochen hatten und ihr eigenes Drehbuch geschrieben haben, hatte also niemand wirklich **Schuld,** wenn jeder dem anderen hätte vergeben können , wären Verletzungen nicht weiter nötig , ja sogar nicht mehr möglich gewesen. Allein unser Ego fühlt sich dabei verletzt, und solange wir uns damit identifizieren , verletzt es uns.

In diesem Beispiel schrieben die beteiligten Personen für dieses Leben folgendes Drehbuch: Die in diesem

Leben erste Frau des Mannes , also die nun Verstorbene, heiratet ihn zuerst, da sie nicht die Seelenpartnerin dieses Mannes ist, wie ja alle vorher schon wissen. Die beiden anderen lernen sich kennen, bevor die Frau stirbt, aber schon sehr krank ist, damit auch die noch Lebende ihr Karma , einige „moralische“ Glaubenssätze und ein Teil ihres Egos auflösen kann. Sie ist eine Zeit lang nur die zweitwichtigste Frau für ihren Seelenpartner. Die erste Frau bittet die zweite ,ihr beim Sterben behilflich zu sein, wobei dies nur auf der Seelenebene geschieht!! Die Sterbende kommt auf der Astralebene zu der Anderen , um diese zu bitten, ihr die Angst vor dem Sterben zu nehmen und sie ins Jenseits zu begleiten. Da dies der Zweiten schwer fällt und sie Angst hat, daß dies nicht in der göttlichen Ordnung ist und sich später Schuldgefühle bei ihr einstellen- weil es vom Ego kommt , schreitet der liebe Jesus ein. Er versichert, daß es in der göttlichen Ordnung ist und man die Hilfe nur dann verweigern darf, wenn es vom lieben Gott so vorbestimmt ist. Also hilft die zweite Frau der ersten , die Angst vor dem Sterben aufzulösen.
Das macht die zweite Frau mit der Meditation, wie unter dem Kapitel : Übungen für Zuhause beschrieben. Sie gibt ihr und ihrem Mann die Möglichkeit auf der Seelenebene miteinander zu kommunizieren, da vieles unausgesprochen blieb – wegen ihrer Krankheit und wegen des Egos. Da die Energie der Sterbenden schwindet, machen sie erst in der nächsten Nacht weiter. Dann läßt sie die Frau mit ihrer Familie reden, da sie sich alle um die Sterbende kümmern mußten. So kann sie sich dafür bedanken und die Hilfe wird dann von Herzen gern von der Sterbenden angenommen. In

der dritten Nacht wird sie von der zweiten Frau zum lieben Gott begleitet, der sie liebevoll in den Arm nimmt- der liebe Gott sieht für jeden anders aus, für die Sterbende wie ein liebender Vater. Sie reden auf der Seelenebene lange miteinander, sie findet Trost und Vertrauen auf ihrem selber ausgesuchten aber schweren Weg. Wieder zurück in ihrem Bett, wo sie diesmal von der zweiten Frau hin geführt wurde, ist sie sehr erschöpft und schläft sofort ein.
Beim Sterben sollte die zweite Frau auch dabei sein, und die erste dann ins Jenseits führen, so ist der Wunsch der ersten Frau. Da die erste auch noch ein Ego hat, hat sie Angst vor dieser Aufgabe, solange der Mann beim Sterben dabei ist. Sie befürchtet, daß dieser sie für den Tod der ersten Frau verantwortlich macht.(ja ja, das Ego) Da der Mann den Sterbevorgang durch seine Trauer verlängern würde und so auch die Schmerzen unnötig verlängern würde, hat dieser kurzzeitig den Drang, noch etwas zu erledigen. So kann die zweite Frau seine erste Frau auf ihrem letzten irdischen Weg begleiten.
Die Sterbende verläßt nun friedlich, angstfrei und sehr bewußt ihren Körper.

Dafür hilft die erste ihr nach ihrem Tod dabei, mit dem Witwer glücklich zu werden. Da auch die erste Frau noch ein Ego hat und es ihr schwer fällt, sich auf ihre Vereinbarung zu besinnen, macht sie zunächst dem Witwer das Leben schwer. Sie weigert sich einfach, zu glauben, daß sie wirklich verstorben ist und dies nicht nur geträumt hat. Im Verdrängen sind wir Menschen Künstler...auch wenn wir schon verstorben sind. Bei

dem Witwer kommt es zu einer Kurzschlußhandlung, er flüchtet sich in Schuldgefühle, trennt sich von seiner Seelenpartnerin und ist nun ganz ohne echte Liebe, so fühlt er sich wenigstens. Er leidet , weil er seine Schuld nicht anerkennen möchte und sich dagegen wehrt. Da die geistige Welt dieses jedoch zuläßt, ist dies in der göttlichen Ordnung und hat einen Sinn. Ihm hilft gerade diese Kurzschlußhandlung in seine Trauer hinein, er kann sich schwer ablenken da er doch nicht zu seiner Seelenpartnerin flüchten kann. Das ist auch gut so. Die Trauer muß gelebt und aufgelöst werden, weil sie sonst auf die nächste Beziehung projiziert wird.
Nach einer Eingewöhnungszeit löst die erste Frau einiges von ihrem Ego auf. Sie erfährt in der geistigen Welt, daß sie so angenommen und geliebt wird, wie sie ist. Dadurch findet eine Heilung statt . Sie lernt nun, sich selber so zu sehen wie sie ist, und vergibt sich mit Hilfe vom lieben Gott ihre Unvollkommenheit und damit auch ihr Zögern, die Vereinbarung einzuhalten. Nun arbeitet sie Hand in Hand mit der zweiten Frau zusammen, man vergibt einander. Die Zusammenhänge wurden bewußt und das Karma aufgelöst. Durch die Bewußtseinserweiterung fällt das Vergeben leichter, wie schon gesagt, auch die Gedanken werden in eine ganz andere Richtung gelenkt, nämlich auf die Liebe.

Aber da fehlt ja noch etwas: Der Seelenpartner der ersten Frau wird von der zweiten Frau mit der ersten Frau in deren nächsten Leben zusammengeführt. Dabei ist es nicht wichtig, ob das im irdischen geschieht, oder ob die zweite vielleicht die Geistführerin der ersten Frau wird, und so beide lenkt. In diesem Fall wird je-

doch die zweite Frau die Geistführerin, da die erste ihr ja auch auf der geistigen Ebene hilft.
Beide haben dann ihre Aufgaben gelernt ,sich sogar gegenseitig unterstützt und ein kleines bisschen von Atlantis aufgebaut. Aus dem Gegeneinander wurde ein Miteinander.
Anmerkung: Wir haben absichtlich keine Namen oder Pseudonyme verwendet weil wir alle diese Personen sein können.

Vergewaltigungen
In diesem Zusammenhang mit dem Karma gibt es noch einen wichtigen Aspekt: Frauen werden oft von Männern vergewaltigt, mit denen sie in anderen Leben verheiratet oder wenigstens liiert waren. Es ist sozusagen eine Wiedererinnerung an ein früheres Leben. Oft war die Sexualität auch schon in dem anderen Leben von Gewalt geprägt.
Manchmal ist es auch umgekehrt : Was man sät, das erntet man: Die Frau hat in einem anderen Leben den Mann vergewaltigt, der damals eine Frau war.
Wir sollten alles legale tun, um aus der Opferhaltung herauszukommen, alles tun was in unserer Macht steht damit es sich nicht wiederholt, und dann um Vergebung bitten und selber vergeben- uns und den anderen..

Und noch ein ganz heikles Thema

Kindesmißbrauch!

Es ist natürlich nicht vom lieben Gott gewünscht, daß so etwas geschieht. Jedoch wissen wir vom Karma, Ursache und Wirkung, und vom freien Willen. Die Hintergründe sind auch hier vergangene Leben. Täter und Opfer waren in einem früheren Leben Mann und Frau, oder Geliebter und Geliebte. In diesem Fall wurde die Sexualität positiv empfunden, weil man sich geliebt hatte, zumeist jedenfalls. Es ist oft so, daß gerade frühere Paare in diesem Leben in einer Familie inkarnieren.

Die Verantwortung für den Mißbrauch hat in diesem Fall immer der Erwachsene in diesem Leben, das Kind ist immer unschuldig. Das können wir nicht oft genug sagen, da oft auch die Mütter den Kindern die alleinige Verantwortung auftragen wollen. Auch dies ist ein Karmisches Thema, waren doch Mutter und Tochter in diesem anderen Leben Rivalinnen um den gleichen Mann. Die vage Erinnerung kommt dann bei solchen Ereignissen wieder hoch, weil der alte Konflikt noch nicht bewußt beigelegt und damit auch nicht vergeben wurde.

So können wir alle Ereignisse und Ärgernisse hinterfragen , natürlich nicht nur solche , die wir als nicht so schön einordnen.

Bestimmte Gedankenmuster können auch so hinterfragt werden:

Kommt das aus diesem Leben?

Ist es angemessen meiner Meinung nach ?

Warum möchte/ muß ich mich rechtfertigen?

Unser Gefühl kann uns dabei helfen, die richtigen

Entscheidungen zu treffen, vorausgesetzt, daß wir uns nicht mehr mit unserem Ego identifizieren. Angst = Ego ist schon immer ein schlechter Ratgeber gewesen und führt uns nicht in die bedingungslose Liebe sondern in eine Abhängigkeit. Und das wollen wir nicht wirklich, Sklaverei ist nicht mehr Zeitgemäß.
Und dann gibt es noch eine andere Art von Karma, eine Wiedererinnerung sozusagen. Viele Menschen glauben, schon Egofrei und Karmafrei zu sein. Auch dies kommt aus einem vergangenen Leben. Zwar gibt es einige Neugeborene oder auch Kleinkinder, die weitestgehend Ego,- und Karmafrei sind, jedoch noch nicht viele Erwachsene. Grundsätzlich sollte man bei solchen Aussagen immer sehr vorsichtig sein. Jesus fragt dann immer: Ist dies wirklich die Wahrheit? Wer sagt daß du kein Ego mehr hast? Die geistige Welt sagt so etwas nämlich nicht. Solange es dir wichtig ist, dies zu wissen oder zu sagen, ist es deinem Ego wichtig. Dann jedoch identifizierst du dich heimlich noch mit deinem Ego und du verwechselst nicht sehen mit nicht haben. Wahrhaft erleuchtete Menschen nehmen sich selber nicht so wichtig.
Eine andere Frage die der liebe Jesus mir oft stellt wenn ich mal wieder zuviel nach meiner Zukunft frage : Ist dies wirklich wichtig?
Ich muß gestehen, dann verneine ich immer, weil es nicht wichtig ist. Alles was zählt, ist die Egoauflösung mit Hilfe meiner Lernaufgaben, und nicht das irdische Ergebnis.
Wenn ich mich meinen Ängsten stelle und sie annehme, habe ich die Möglichkeit viel vom Ego aufzulösen. Die Ursache eines solchen Irrglaubens ist ein

Glaubenssatz aus einem anderen Leben.
„Wenn du dieses Opfer bringst -, oder: Wenn du dich opfern läßt -, oder auch : wenn du diesem Menschen oder diesem Land im Krieg zum Sieg verhilfst, dann hast du dein Karma besiegt." So und/oder so ähnlich lauten diese Glaubenssätze, die es dann aufzulösen gilt.

Oft kommt dann aus der Enttäuschung, da sie ja wieder auf die Erde inkarnierten, die Verunsicherung hinzu. Um diese Verunsicherung und damit ihr Ego nicht sehen zu müssen, behaupten sie oft, sie müssten das Karma von anderen Menschen mit auflösen. Wenn man sein Ego nicht sieht, kann man es auch nicht auflösen und das Ego bestimmt dann das Leben, nicht jedoch die Seele.
Wenn man Egofrei und Karmafrei ist, lebt man im Hier und Jetzt, hat keine Probleme oder Krankheiten, weil dies alles vom Ego kommt, bzw. Ego ist.

Sucht

Die Sucht selber kommt auch aus einem früheren Leben, in dem man Kräuter, Pilze und Ähnliches eingenommen oder geraucht hat, um eine Bewußtseinserweiterung zu bewirken. Dadurch wurde auch damals schon die Aura durchlässig und man wußte nicht mehr, was irdisch ist und was nicht. Selbst die Priesterinnen wußten nicht, wen oder was sie channelten, woher sie ihre Informationen bekamen, weil auch sie ihr Bewußtsein auf diese Weise erweiterten. Es war nicht nur das Göttliche, das sie empfingen, was sie aber oft glaubten. Diese Wesen konnten sich gut verstellen , was sie bis zum heutigen Tag auch noch können, sind sie doch unserem Ego sehr ähnlich und wissen genau, wie sie uns täuschen können. Dann kam noch hinzu, daß man nicht geerdet war und so oft den Anschluß an das irdische verlor. Heute wissen wir, daß wir keine körperfremden Substanzen benötigen, um eine Bewußtseinserweiterung zu erfahren. Durch Meditation und/oder die Eigenverantwortung leben wir bewußter, sehen Zusammenhänge klarer und erfahren ebenfalls eine Bewußtseinserweiterung.

Wichtig ist natürlich, daß bei Drogen, Psychopharmaka und ähnlichen Substanzen die Aura durchlässiger wird. Der natürliche Schutz ist so nicht mehr gewährleistet, eine fremde Energie kann sich so in die Aura oder in den Körper einnisten. Dies nennt man dann eine Besetzung. Diese Besetzung kann harmlos sein, aber auch schwere Schäden verursachen, wie zum Beispiel Wahnvorstellungen, Schizophrenie, große Aggressionen und auch große Opferbereitschaft. Auch im Körper können sie Schäden anrichten, von einfachen

Kopfschmerzen über Zysten bis hin zu schwerer Organschädigung.
Wenn man die Zusammenhänge versteht, ist es etwas leichter, damit umzugehen. Auch sollten jedem die evtl. Nebenwirkungen bewußt sein.

Rat der großen Sieben

Beim Rat der großen Sieben handelt es sich um den göttlichen Rat, der sich zusammensetzt aus dem lieben Gott, Jesus, Metatron, Seth, einen der Erzengel, einen der großen Meister, und einen aus der weißen Bruderschaft. Derjenige aus der weißen Bruderschaft und einer der großen Meister sind Menschen, die im irdischen Leben stehen. Die erst genannten sind immer dabei, die beiden anderen wechseln.

Die Fragen, die beim Rat der großen Sieben gestellt werden, sind folgende:

1.) Bist du nun bereit, deine Seelenaufgabe anzunehmen und nur mit dem lieben Gott direkt zusammen zu arbeiten?

2.) Was bist du bereit, dafür zu tun und zu geben?

3.) Bist du nun bereit, dein Ego vollständig aufzulösen?

Wir werden auf der Seelenebene gefragt, je nachdem, wie bewußt man schon ist, antwortet man auch. Es hat nichts mit dem Bewußtsein zu tun, ob man weiß ,daß man gefragt wurde und wie man geantwortet hat, oder nicht. Das ist nur für die einzelne persönliche Entwicklung wichtig.

Manchmal ist es hinderlich, wenn man weiß, daß man vielleicht zögerte. Man macht sich dann vielleicht Vorwürfe, was dann die Entwicklung etwas hemmt.

Oder man baut sich mehr Ego auf, weil man weiß, daß man einer der wenigen war, der sofort zusagte.

Um die Entwicklung zu fördern, weiß man es nicht mehr, oder man weiß es aus genau diesem Grunde. Man bekommt es zum richtigen Zeitpunkt vom lieben Gott oder vom lieben Jesus mitgeteilt.

Die „richtigen“ Antworten sind dabei:
Zu 1.) Ja, ich bin nun bereit, meine Seelenaufgabe anzunehmen.
Zu 2.) Ich bin bereit, alles dafür zu tun und zu geben.
Zu 3.) Ja, ich bin nun bereit, mein Ego vollständig aufzulösen.
Dabei soll ermittelt werden, ob das Ego die weitere Entwicklung bestimmt, oder die Seele, und damit die bedingungslose Liebe.

Dieses Ritual, so nenne ich es mal, ist nur für uns Menschen wichtig, da die geistige Welt unsere Antworten ja schon kennt. Es zeigt uns Menschen die Wichtigkeit unserer Entscheidung an und beweist uns selber, daß es unser freier Wille ist, das Ego aufzulösen. Wir bitten dann die geistige Welt um Hilfe, sowohl bei der Auflösung unseres Egos als auch dabei, unseren Weg nicht mehr verlassen zu wollen/können. Die Hilfe und Unterstützung wird uns dann gewährt, und zwar in dem Maße, wie wir sie annehmen und ertragen können. Die Nichterfüllung unserer Wünsche bedeutet nämlich ebenfalls diese Hilfe. Die Erfüllung dieser Wünsche würde bedeuten, daß wir auf den falschen Weg, den Weg des Egos, rutschen würden.

Damit auch die Seelenpartner beide in diesem Leben entweder bereit sind oder beide nicht bereit sind ihre Seelenaufgabe anzunehmen, wird im vorherigen Leben schon mal gefragt, ob man bereit ist, im nächsten Leben den Weg der Liebe zu gehen und sein Ego auflösen möchte. Auch kann man seine Unsicherheiten in dieser Hinsicht schon mal auflösen lernen, indem man die

Vorbereitungen zu den heutigen Fragen beim Rat der großen Sieben trifft.
Mangelt es noch am Vertrauen, darf man Zeichen aushandeln, die Vertrauen herstellen, wenn man sich an dieses vergangene Leben erinnert.
Ein Beispiel:
Im vergangenen Leben hatte ich Angst, den richtigen Weg nicht zu finden und mir selber nicht vertrauen zu können. War doch die Erinnerung an den Untergang von Atlantis unterbewußt noch sehr präsent, und meine Nichvergebung mir selbst gegenüber sehr behindernd, da ich ja an dem Untergang maßgebend mitbeteiligt war. Also hatte ich mir für das vorherige Leben folgendes Drehbuch geschrieben: Ich wurde ins Konzentrationslager gebracht, als Jugendliche, erlebte die Vorurteile, die Grausamkeiten der Menschen und des Systems und mit Gottes Führung überlebte ich. Das heißt auch, ich kam aus Auschwitz heraus, das war mein damaliges Lebensziel gewesen. Ich brach auf dem Marsch Richtung Westen durch Unterernährung und Erschöpfung zusammen und meine Leidensgenossen aus dem damaligen Leben mußten zum Teil über mich hinweg marschieren.
Irgendwann wurde ich auf Seite gerollt und blieb sterbend liegen. Ich war beim Sterben bewußt genug, die Gewissheit der Hilfe vom lieben Gott mit ins nächste Leben hinein zu nehmen. Schließlich hatte ich mein Ziel, das Konzentrationslager mit seiner Hilfe zu überleben, auch erreicht.
So wußte ich nun durch bewußte Erfahrung, daß man alles mit Hilfe vom lieben Gott auflösen kann und nicht mehr – wie auf Atlantis- alles vernichtet wird. Der

göttliche Plan beinhaltet ja nicht die erneute Zerstörung , sondern die Erhöhung der Schwingung und den Aufstieg in die fünfte Dimension, in die bedingungslose Liebe. So voller Zuversicht kam ich jedoch nicht in dieses Leben hinein. Vielmehr nahm ich das Gefühl vom Verlassen sein, von der Einsamkeit und vom Anders sein in dieses Leben mit hinein, da ich den Weg erneut und ganz bewußt zu ihm finden sollte/wollte. Es dauerte viele Jahre der Egoauflösung, bis ich an dieses Wissen und diese Erfahrung erneut in der Meditation von dem lieben Jesus erinnert wurde.

Seelenaufgabe

Wenn hellsichtige Menschen noch stark im Ego sind und die Hellsichtigkeit schon in früheren Leben oder auch im jetzigen Leben erworben wurde, kann das zu einem noch stärkeren Ego führen. Manche glauben dann, besonders auserwählt zu sein, wobei es dies in Wirklichkeit nicht gibt. In der Bibel steht schon, „die letzten werden die ersten sein!" Jeder für sich hat eine bestimmte Aufgabe übernommen, vorausgesetzt, daß er seine Seelenaufgabe angenommen hat. Die Menschen, die Liebe verbreiten und in Liebe ihrer Arbeit oder Ähnlichem nachgehen, haben alle eine hohe Schwingung. Das machen durchaus auch sehr viele spirituelle Menschen, aber nicht alle die spirituell arbeiten tun dies aus der Liebe heraus. Wichtig ist nur, daß wir die Bereitschaft haben, unser Ego aufzulösen und alles dafür zu tun, daß die Erde in die bedingungslose Liebe angehoben wird. Dazu gehört insbesondere, mit dem lieben Gott zusammen zu arbeiten. Beim Rat der großen Sieben, beim lieben Gott , werden oder sind wir

schon genau danach gefragt worden.
Ich wurde während einer Nahtoderfahrung danach gefragt , aber es war mir nicht bewußt. Damals dachte ich noch, daß nicht mal der liebe Gott mich haben wollte. So konnte ich einen Teil meines Egos auflösen. Erst Jahre später, als ich den Zugang zum lieben Jesus hatte, wurde mir klar, warum ich noch lebte, nämlich weil ich meine Seelenaufgabe angenommen hatte und nicht, weil der liebe Gott mich nicht wollte. Jesus sagte einfach zu mir, schreib doch mal deine Nahtoderfahrung auf...und während des Schreibens sah ich die Engel von damals, die mich begleiteten, hörte bewußt die liebenden Stimmen, die mich gefragt haben, ob ich nun bereit bin, meine Seelenaufgabe anzunehmen. Die Stimmen sagten, daß es nicht leicht werden würde, versprachen mir jedoch soviel Hilfe, wie ich anzunehmen bereit war. Und die Stimmen und die Liebe die ich dabei gefühlt und erfahren habe, erfüllt noch heute mein Herz und läßt mich in Demut versinken.
Erst beim Aufschreiben, also einige Jahre später, wurde mir bewußt, was meine Nahtoderfahrung in Wahrheit war.
Aber bei jedem ist es anders und wie man sieht, muß man sich nicht immer daran erinnern können.
Es gibt wirklich schon viele Menschen die den Weg der Liebe eingeschlagen haben, aber nur wenige, die bereit sind mit dem lieben Gott zusammen zu arbeiten und ihr Ego aufzulösen. Einige von diesen wenigen arbeiten zum Beispiel im beratenden, im heilerischen oder auch im lehrenden Bereich. Aber auch in der Politik, im Management, am Fließband, in der Familie und in der

Kirche arbeiten schon viele Menschen aus der Liebe heraus. Einige davon wissen auch nicht, daß sie diesen Weg bereits gehen. Vom lieben Gott und von Jesus ist gewünscht, daß nun wieder alle den direkten Kontakt mit Jesus oder dem lieben Gott bekommen und mit ihnen zusammenarbeiten, und zwar ausschließlich. Die Meister, Engel und Geistführer haben uns sehr unterstützt und geholfen, auch werden sie uns noch weiter unterstützen, aber die Zusammenarbeit mit Jesus und dem lieben Gott ist unerlässlich, wollen wir doch ein neues Atlantis schaffen. Diesmal jedoch in einem irdischen Körper und mit körperlichen Freuden. Wir lernen das Miteinander wieder. Und je weniger Ego wir noch haben, umso mehr sind wir in der Liebe. Wir handeln dann nicht mehr aus dem Ego heraus sondern aus der Liebe.

Anmerkung: Es haben bisher nur wenige ihre Seelenaufgabe angenommen und sind nun bereit, mit dem lieben Gott und Jesus zusammen zu arbeiten. Viele sind schon dreimal gefragt worden, nur selten wird ein viertes Mal gefragt. Viele arbeiten spirituell, aber sind nicht bereit, ihr Ego aufzulösen oder alles dafür zu geben, um die bedingungslose Liebe auf die Erde zu bringen und zu leben. Aber es werden immer mehr, jeder Mensch ist wichtig und hat eine wichtige Aufgabe.

Atlantis

Auf Atlantis waren wir Geistwesen , hatten viele Talente und Fähigkeiten, zum Beispiel konnten wir Materie erschaffen, Wetter machen und neue Seelen gebären. Das

heißt, wir haben mit unserem Seelenpartner- das ist die Ergänzung zu unserer Seele, darüber später mehr- gemeinsam eine neue Seele erschaffen. Unsere Seelen vereinten sich , unsere Energien vermischten sich- dem heutigen gemeinsamen Orgasmus ähnlich- und in unserer vereinten Seele reifte eine „ Babyseele“ heran. Dies dauerte nicht lange, Zeit gab es ja dort nicht.
Wir hatten alles im Überfluss, denn wir hatten den direkten Zugang zum lieben Gott, ja waren sogar Eins mit ihm. Es war wie im Paradies, bedingungslose Liebe überall.
Da wir alle telepatisch – durch den Geist- miteinander verbunden waren und die gleichen Gedanken oft zur gleichen Zeit hatten, baten wir den lieben Gott gemeinsam um einen freien Willen. Der sollte unser Leben noch perfekter machen, da wir die bedingungslose Liebe **wählen** wollten .
Das Erste was wir mit dem Freien Willen beschlossen, war das wir einen Körper haben wollten und Freude und Liebe auch darüber empfinden wollten.
Da Materie eine viel niedrigere Schwingung hat als der Geist und alles was wir erschaffen konnten , Materie oder eine Seele war, konnten wir nur unbeseelte Körper erschaffen. Wir beschlossen, den Körper mit unserem Geist und unserer Seele zu verbinden, und so die Gefühle auf der körperlichen Ebene fühlen zu können.
Die niedrige Schwingung des Körpers machte es der Seele nicht leicht, dauerhaft im Körper zu bleiben, fühlte sie sich doch eingeengt in diesem Körper. Die Seele und auch Geist verbanden sich durch ein energetisches Band mit dem Körper, wodurch gewährleistet wurde,

daß Körper , Geist und Seele gemeinsam „lebten“. Außerdem war der Körper durch die niedrige Schwingung zerstörbar, also sterblich, Geist und Seele jedoch nicht.
Wollte man also alles miteinander vereinen, war es notwendig den Körper auf die hohe Schwingung der Seele anzuheben. Somit fing ein Lernprozess an, der viele körperliche Leben dauerte.
Im freien Willen befand sich gleichzeitig das Ego , da ja klar ist, daß man wählen können muß zwischen zwei Dingen , um einen freien Willen erst zu ermöglichen. Die Dualität war geboren. Auch heute wissen wir, daß kranke Gedanken oft die Ursache für *negative* Energie im Körper und *negative* Energie die Ursache für Krankheit im Körper ist . Wir lernten, das wir die kranke Energie aus dem Körper herausziehen konnten und durch göttliche , nun Heilenergie genannt , ersetzen konnten. Wir ärgerten uns im Nachhinein über die Hilfestellung, die wir anderen gegeben hatte, da wir glaubten, diese hätten das nicht verdient. Manche Menschen waren auch undankbar für die Hilfestellung die sie bekamen. Andere wiederum befürchteten, daß sich der Helfer anmaßen wollte, ihn von seinem freien Willen zu heilen , den er aber unbedingt behalten wollte.
Anmerkung: Darum können wir auch nur andere Heilen und wirklich helfen, wenn wir aus der Liebe heraus helfen möchten.
Und auch normal für das Ego wurden manche mehr und andere weniger krank . Aber wir haben es alle, darin sind wir auch heute noch gleich, der Eine mehr, der Andere hat weniger davon . Durch die

Heilungsversuche kamen wir mehr und mehr mit dem Ego in Berührung. Es hatte nun auch in unserem Körper eine Resonanz und verstärkte sich durch die Heilungsversuche im Körper des Heilers, da wir die Notwendigkeit, uns vor dem Ego des Anderen zu schützen, nicht sehen konnten..

Da wir alle so schöne Fähigkeiten hatten, aber unser Geist nun nicht mehr nur reine Liebe war und es nun mehr und mehr unsere Intention war , aus dem Ego heraus zu agieren, setzten wir unsere Fähigkeiten ein, um unseren Willen durchzusetzen. Nicht mehr zum Wohle des großen Ganzen, sondern zu unserem vermeintlich persönlichen Wohle .Und vieles war möglich: Stürme und Blitze, Hagel und Unwetter, Erdbeben und Überschwemmungen, Schnee und Schneelavinen, Erdbeben und Seebeben, und vieles eben auch zur gleichen Zeit. Kinder wurden geboren, mehr als wir beaufsichtigen und lehren konnten, mehr als wir lieben konnten, da auch da das Ego zugeschlagen hatte und wir nicht mehr bedingungslos lieben konnten.
Wir wurden unzufrieden, mit uns und unseren Mitmenschen, ungeduldig, wir lernten das Mißtrauen und auch den Neid. Manche wollten grundsätzlich das haben, was jemand anderes geschaffen hatte und nahm es ihm weg, wenigstens versuchte er dies. Es gab ja auch Menschen, die nicht freiwillig alles weggaben . Manche fingen an ,andere zu manipulieren, das verursachte bei wieder anderen Angst vor Manipulation, weil man dann dem anderen nützlich schien und dumm war, weil man ihm unwissentlich half. Auch Eifersucht kam mit dem Ego, weil man ja mit dem freien Willen ausgestattet war,

aber nicht alles haben konnte, was man wollte. Man wünschte sich den Partner (Seelenpartner) der Anderen, machte ihn mit Worten schlecht, erfand Lügen über ihn , damit das Paar sich trennte. Man war grundsätzlich unzufrieden, da die Koordination- wer was machen wollte, oder sollte- ohne Einteilung nicht mehr klappte. Man fühle sich fremd bestimmt und wehrte sich gegen die Einteilung. Meutereien waren die Folge, Paare trennten sich , man suchte sich einen neuen Partner um dem ersten zu zeigen, daß man ihm auch weh tun konnte. Angst vor Nähe war die Folge, bei allen Beteiligten. Intrigen , Lügen und Manipulationen waren von nun an für uns normal.. Das Mißtrauen hatte seinen Einzug gehalten.
Aber wir konnten ja auch materialisieren :Insekten und Insektenplagen , zum Beispiel Heuschrecken die zu nichts Nutze aber der Zerstörung dienlich waren . Noch mehr Krankheiten am Geist, Viren und Wahn. Durch unsere Vorstellungskraft materialisierten wir Wesen, die uns in Science fiction filmen daran erinnern sollen, Egowesen wie im Film Herr der Ringe , Mumien , Zombies ,Dämonen und den Teufel selbst. Wesen, die kein Mitgefühl, keine Liebe, kannten. Vieles erschufen wir ohne Seele, manches bedachten wir mit eine Teilseele, nämlich mit einem Teil unserer eigenen Seele , viel Grausamkeit und kalte Herzen waren die Folge. Und natürlich die Zerstörung.
Durch Unwetter und Sturmfluten zerstörten wir Atlantis vollständig und damit gegenseitig auch unsere Körper.
Zum ersten Male erfuhren wir das Sterben, und das Töten .

Das war der Fall aus dem Paradies, hinein in ein Menschenleben.

Da wir es nicht gewohnt waren die Verantwortung für unser Handeln zu übernehmen, schlichen sich noch Schuldgefühle in unseren Geist. Diese trennten uns vom lieben Gott und so fühlten wir uns Alleine und erlebten uns zum ersten Male als getrennt von ihm.
Grenzenlose Einsamkeit war die Folge, die noch heute jeder im Herzen fühlen kann.
Durch unsere Schuldgefühle, die uns von unserem Opfer trennen, erfuhren wir auch, wie es sich anfühlt getrennt zu sein von einer anderen Seele . Desweiteren ging die Seele , die zum verstorbenen Körper gehörte, zum lieben Gott und inkarnierte in ein anderes Leben. So erfuhren wir die absolute Trennung.
Und zum ersten Male auch das Alleinsein.
Dieses Erleben speicherten wir als Strafe vom lieben Gott und wir reagierten darauf mit Trotz, also noch mehr Ego. Frei nach dem Motto: Wenn du mich bestrafst und mich nicht mehr haben willst, dann will ich dich auch nicht mehr.

Mit dem getrennt sein und dem Sterben und Töten zog also eine große Angst in unser erleben ein. Wir identifizierten uns mit unserem Ego, da wir die Nähe zum lieben Gott nicht mehr fühlen wollten. Die Nähe zu ihm erfüllte uns doch zu sehr mit Schuldgefühlen und Scham. Und da wollten wir nicht hinschauen.

Diese Bilder der Zerstörung haben wir schon oft gesehen: in Filmen und in den Nachrichtensendungen.

Diese Bilder im Fernsehen erinnern uns immer wieder an die Zerstörung von Atlantis.
Das alles haben wir inszeniert und darum ist es unser Wunsch und gleichzeitig unsere Aufgabe, dies alles aufzulösen. In der heutigen Zeit übernehmen wir endlich die Verantwortung für die Zerstörung von Atlantis und lösen so die Schuldgefühle auf , die uns noch vom lieben Gott trennen. Mit Gottes Hilfe und zum Wohle des großen Ganzen, und damit zum Wohle Aller!
Wenn wir gemeinsam unser Atlantis im irdischen Körper erschaffen haben,
den selbstlosen = Egolosen Umgang mit unseren Fähigkeiten gelernt und die bedingungslose Liebe neu erlebt und gelebt haben, dann ist es vollendet, neu erschaffen und neu erfunden , unser Atlantis .

Ego

Unsere Schuldgefühle – die ja vom Ego kommen- verhindern immer noch die Verschmelzung mit dem lieben Gott.

Das Ego versteckt sich in unserem Geist, und zwar in unserem Unterbewußtsein. Erst wenn wir Selbstbewußt, daß heißt :unseres Selbst vollkommen bewußt sind, in Gedanken , Worten und Taten, dann können wir es vollkommen auflösen.Vorausgesetzt , wir wollen das auch. Das Bewußtsein kann man mit der Sonne vergleichen, die den Schatten vollkommen auflösen kann, wenn wir es wirklich wollen. Das Ego versteckt sich hinter Rechtfertigungen, Lügen, Anschuldigungen, Angst und Hass. Aber auch hinter Sorgen , Lieblosigkeit, Neugier , Kampf, Trauer, Manipulation, Opferhaltung , Starrheit, Depression , Niedergeschlagenheit und Hoffnung. Ohne Hoffnung lebt man im Vertrauen, und das kommt von der Liebe. Alles, was nicht Liebe ist, kommt vom Ego. Man kann das Ego leicht erkennen und doch ist es oft beinahe unsichtbar, solange man es nicht bewußt macht . Zum Beispiel kommt Krankheit vom Ego, Krankheit hat immer einen großen Gewinn, man kann viele Menschen manipulieren, ohne daß diese es zunächst bemerken. Auch wenn bestimmte Krankheiten vom Karma –aus früheren Leben- kommen, heißt daß nichts anderes, als daß wir nicht vergeben haben. In großer Opferbereitschaft versteckt es sich, kann man doch so der ganzen Welt zeigen, wie **gut** man ist. Meist tritt dies jedoch auf, um das eigene schlechte Gewissen und Schuldgefühl zu verstecken. Wenn man nicht bereit ist , sich helfen zu lassen, kann man zeigen, daß man niemanden braucht und man kann andere Menschen ohne wirklichen Grund zurückweisen. Auch hat man gleichzeitig Angst vor der Abhängigkeit von der Hilfe und der Liebe anderer Menschen. Also weist man Menschen zurück, bevor man selbst zurückgewiesen wird. Wenn man sich rechtfertigt, möchte man etwas schönreden oder jemanden von seiner Unschuld überzeugen, man möchte für gut gehalten werden. Wenn man für jemanden die Verantwortung übernimmt der nicht sein minderjähriges oder behindertes Kind ist, sagt man ihm damit, daß man besser weiß was gut für den anderen ist, man fühlt sich weiser, wissender, einfach besser. Und man hofft auch, daß jemand anderes die Verantwortung für einen selber übernimmt, weil man ja schon soviel Verantwortung trägt. Es läuft oft unbewußt ab , darum ist das Bewußtwerden auch so wichtig. Auch die Erwartung kommt vom Ego, hat man doch dann das Gefühl, etwas steht uns zu. Dahinter verstecken wir oft unser Gefühl der Unvollkommenheit und das Wissen, es gar nicht verdient zu haben. Kein Wunder, daß es das Eintreten desselben verhindert, denn sonst bekommen wir unterbewußt die Information, wenn ich etwas erwarte und etwas fordere, dann erst bekomme ich dies. Oder auch, erst wenn ich Angst habe, etwas nicht zu bekommen, dann bekomme ich es. So bekäme das Ego Nahrung und sogar eine Daseinsberechtigung. Das sind nur einige Beispiele, seht einfach auch mal dahinter, schaut selber mal nach. Immer wenn wir etwas in besser oder schlechter unterscheiden wollen, dann sind wir dem Ego auf der Spur. Und wenn wir davon ausgehen, daß jemand anderes etwas tun muß, dann sind wir der

Ohnmacht, also dem Ego aufgesessen. Das Ego ist beides, besser als ... und schlechter als... zu klein oder zu groß, alles was nicht angemessen ist, gehört zum Ego, also ist das Ego auch gleichzeitig Lüge. Vor allen Dingen sieht man es gerne bei anderen, da sieht man es am schnellsten. Und dann kämpft man oft dort dagegen an, obwohl es doch das eigene ist. Und wenn man kämpft, dient man dem Ego, Liebe kämpft nicht, sie setzt Grenzen, damit niemand in die Täter oder Opferrolle hinein rutscht, also dem Ego dient. Das Ego kann man auflösen, indem man es bewußt wahr nimmt und die Sichtweise verändert, sich auch selber so annimmt, wie man ist. Das jedoch ist nicht immer so einfach, versteckt es sich doch auch im Gefühl, und zwar durch die vielen Leben , und die vielen Glaubenssätze die in vielen Leben gelebt, erfahren und so als wahr und richtig empfunden werden. Auch heute noch finden wir es oft als richtig, wenn jemand getötet wird, weil er eine andere Hautfarbe, einen anderen Glauben oder in diesem Leben ein Täter war. Wir provozieren andere, bis sie sich wehren um dann zu zeigen, daß der andere der Schlechte ist, wie kleine Kinder, dabei sehen wir das Ganze gar nicht, können es noch nicht sehen.
Das ist in einem Leben schon schwierig, wenn man dann noch die anderen Leben hinzu nimmt, wird es unübersichtlich und chaotisch. Wenn man dann noch in irgendeinem Leben mit jemandem zusammen gelebt hat und noch irgendwelche Gefühle von früher unbewußt da sind, dann benötigt man einen Leitfaden oder Ariadnefaden, um aus diesem Labyrinth herauszufinden.
Für viele Menschen gilt noch der Egosatz, das Ego hilft

mir dabei, das ich mich ausnutzen lasse, es dient mir als Schutz. Auch haben wir schon oft gehört, wenn ich nicht den Impuls habe es aufzulösen, dann brauche ich es noch. Das Ego ist wirklich sehr erfindungsreich in solchen Glaubenssätzen. Löst ihr die Glaubenssätze mit Hilfe vom lieben Gott auf, dann kommt ihr an eure Seele heran und das Ego steht nicht mehr zwischen euch und eurer Seele. Das Ego wird sich auflösen, dazu ist es jedoch noch nicht gern bereit, es tarnt sich, indem es uns vorgaukelt, daß wir das Ego sind, oder wenigstens, daß wir das Ego noch brauchen. Solange wir uns mit dem Ego identifizieren, solange lösen wir es nicht auf, weil wir uns ja nicht selber auflösen möchten, ist ja klar.

Gefühl ist nicht gleich Gefühl

Da wir das Ego nur am Gefühl von der Liebe unterscheiden können, ist es zwingend notwendig, daß wir lernen Wünsche, Ängste und Karmische Gefühle ,daß heißt Gefühle aus vergangene Leben, zu entschlüsseln , zu verstehen und aufzulösen. Erst wenn wir unser Karma mit bestimmten Menschen aufgelöst haben, kommen wir an das echte, wirkliche Gefühl heran. Wenn wir jemandem vertrauen, kommt das oft aus einem früheren Leben. Wenn wir jemandem mißtrauen ist das oft eine Wiederholung des Mißtrauens oder des mißbrauchten Vertrauens von früher. Oder aber auch die Angst vor dem Erkennen meines eigenen Mißbrauchs des Anderen . Nicht nur die Taten von früher werden wiederholt, auch die Gefühle aus anderen Leben. Man kann Menschen viel schneller vertrauen, wenn man in früheren Leben *positive* Erfahrungen gemacht haben. Aber auch, wenn wir im früheren Leben nur das Gefühl hatten, eine bestimmte Person habe uns geholfen, verstanden oder uns einfach nur in Ruhe gelassen, einen Wunsch erfüllt oder Ähnliches. Darum finden sich in vielen Gruppen immer auch die passenden Mitmenschen. Da es aber heute wichtig ist, das Karma aufzulösen, kommt man auch mit Menschen zusammen, mit denen man etwas aufzulösen hat, daß heißt, mit denen man nicht nur *positive* Erfahrungen gemacht hat. Bei Menschen , die uns schon mal im Stich gelassen haben, die uns belogen haben, oder denen wir schon einmal etwas angetan haben und unser Schuldgefühl von Rechtfertigungen überdeckt wurde, verspüren wir ein Gefühl von Vorsicht und Angst.

Merksatz: Was habe ich dir schlimmes angetan,

daß ich so böse auf dich bin.
Aber auch wenn wir in vielen Leben Einzelkämpfer waren, haben wir in diesem Leben das Gefühl , alles alleine machen zu müssen. Unsere Seele weint dann und wir fühlen uns von der ganzen Welt , aber eigentlich von uns selber, mißverstanden. Weil wir aber nicht gerne selber *schuld* sind an unserem *Problem,* projizieren wir es nach außen: keiner hilft mir, oder :immer bin ich mit allem alleine, oder auch : mir kann keiner helfen, oder Ähnliches.
Solange wir allerdings daran festhalten, daß andere soviel Macht auf uns und unser Leben ausüben können und wir dies zulassen, werden wir mit unserer Ohnmacht und mit unserer Opferhaltung konfrontiert. Wenn wir aber in unser innerstes hinein schauen, das Problem in uns selber fühlen können, können wir es auch auflösen, und zwar an der Wurzel, der Ursache. Wir sehen, daß wir selber in uns das Problem tragen und auch die Lösung, sofern wir es bereits lösen dürfen. So übernehmen wir Eigenverantwortung und lösen in diesem speziellen Fall die Ohnmacht und die Opferhaltung auf.
Diese Gefühle können in einem anderen Zusammenhang erneut auftauchen, jedoch hat unser Unterbewußtsein schon eine andere Info erhalten, in diesem Fall das Gefühl , das man sich selber helfen kann. Daß wirkt sich erfahrungsgemäß dann so aus, daß man nicht mehr so lange in der Opferhaltung verbleibt. Vielmehr macht sich dann die bereits gemachte Erfahrung „ Selbstständig“ auf den Weg zu einer Lösung.
Man hat den Gefühlen eine andere Richtung gegeben,

nämlich in Richtung Lösung.

Wenn wir in einem Leben gegen jemand oder Etwas gekämpft haben, fühlen wir uns im heutigen Leben auch wieder zum Kampf aufgefordert. Aber Vorsicht, die Liebe kämpft nicht!
In dieser Zeit ist es nur nötig, anderen Menschen Grenzen zu setzen, als Selbstschutz sozusagen. Kampf bedeutet Angriff und Angriff ist meist ein Zeichen von Verdrängung. Der Mensch im Gegenüber lernt nur, daß er sich verteidigen muß, jedoch nichts anderes. Wenn man jedoch Grenzen setzt, bekommt er die Information, daß er so nicht das Resultat bekommt, was er insgeheim erwartet hat. Er wird zum Umdenken animiert und bei der Reflexion kann er zu der Erkenntnis kommen, daß er nicht richtig oder nicht angemessen gehandelt hat. So hat er die Möglichkeit, bei der nächsten ähnlichen Gelegenheit anders oder gemäßigt zu reagieren.
Ein scheinbar positives Beispiel ist, wenn wir Verantwortung für andere Menschen übernehmen. Oft waren diese Menschen in früheren Leben unsere Kinder oder auch andere uns anvertraute Kinder/Menschen. Kranke und leidende Menschen gehören ebenfalls dazu, wenn wir in früheren Leben die Verantwortung für sie hatten. Dies gehört aber zu einem anderen Leben.

Alles, was einen Menschen traurig macht, beruht auf mangelndem Vertrauen in die geistige Welt, den lieben Gott, und in ihn selber. Auch kann er nicht glauben, daß alles gut wird, wenn die Zeit dafür gekommen ist.

Oder aber es weist auf ein Ereignis hin, wo etwas versäumt wurde, etwas zu verändern oder zu verhindern, wo man mutlos war und die Chance zur Umkehr nicht genutzt wurde.
Erwartung kommt davon, daß wir unterbewußt wissen, daß wir gar kein Glück verdient haben und darum auch keines haben werden. Wir kommen ins Fordern, hoffen, glauben, oder wünschen uns, daß uns das zusteht was wir erwarten, aber nur, um uns nicht mit unser Ohnmacht und Angst auseinandersetzen zu müssen.
Und auch um nicht das Glück als ein Gottesgeschenk annehmen zu müssen, wenn wir es haben möchten. Wir weigern uns einfach , es als Geschenk zu sehen, denn dann bekommen wir etwas, ohne dafür zu bezahlen, wir brauchen nur demütig danke sagen, mehr nicht. Unser Ego mag dies jedoch nicht, zeigt es doch, das der liebe Gott uns bedingungslos liebt, wenn wir seine bedingungslose Liebe dann bedingungslos annehmen können, löst sich das Ego auf, ist es doch aus Schuldgefühlen und Unterscheidungen geboren worden.

Hoffnung ist auch ein schönes Beispiel, mit der Hoffnung braucht man nicht wirklich im Hier und Jetzt zu leben und sich mit dem, was ist abzufinden- das deutet auf Ohnmacht hin.
Wie also kommt man aus diesem Wirrwarr an Gefühlen heraus? Ganz einfach :
Liebe, Mitgefühl , Demut, Wahrheit und Vertrauen kommen von der Liebe, ist Liebe.
Jede andere Gefühlsregung kommt vom Ego. Wichtig ist das Reflektieren und die Bereitschaft, die göttliche

Wahrheit sehen bzw. fühlen zu wollen.
Die karmischen Gefühle kann man auflösen wenn man sich anschaut , woher sie kommen. Daß der Ursprung nicht in diesem Leben liegt sondern vielmehr in einem anderen. Und da kann man es auflösen, sich selber und den anderen auch die Gefühle vergeben , wenn der liebe Gott uns hilft.
Dagegen kommt das tiefe innere Wissen, daß alles richtig ist und alles gut ist so wie es ist, von der Liebe. Wir werden lernen, die bedingungslose Liebe zu fühlen, zu erleben und zu leben, wenn wir uns dafür entscheiden.

Karmische Gedanken und Glaubenssätze

So wie viele unserer Ängste und Gefühle aus einem anderen Leben kommen, kommen auch viele Gedanken und Glaubenssätze aus anderen Leben. Wir haben sie in dieses Leben integrieren lassen, oft schon in der Kindheit von unseren Eltern, um sie jetzt auflösen zu können. Meist sind sie an bestimmte Ereignisse und Gefühle gekoppelt, jedoch bedarf es besonderer Sorgfalt um sie sich wirklich anzuschauen. Auch die Genauigkeit des Wortlautes ist von Bedeutung, weil sie ansonsten nicht vollständig aufgelöst und/ oder entfernt werden können.

Karmische Gedanken sind kaum von den Gedanken aus dem heutigen Leben zu unterscheiden. Jedoch sollte man sich die Gedanken und Sätze einmal genauer ansehen. Aussagen und Gedanken, die nicht der jeweiligen Situation angepasst sind, gehören grundsätzlich in ein anderes Leben. Manche Aussagen wie zum Beispiel : das hast du schon immer so gemacht, dabei macht man so etwas zum ersten Mal, oder : was du mir alles angetan hast, dabei ist man nur der Bitte oder Anordnung des anderen nachgekommen ; oder Ähnliches deuten auf ein anderes Leben hin. Wichtig dabei ist, genau hinzuhören und nach zu prüfen, welches Gefühl eine solche Aussagen in mir selbst auslöst. Wenn es etwas anderes ist als Liebe, dann will etwas angeschaut und aufgelöst werden. Wenn es Liebe, Mitgefühl oder Ähnliches(s.o.) auslöst, dann ist es von meiner Seite aus aufgelöst. Man kann dem Anderen jedoch dabei helfen sich bewußt zu machen, das da etwas nicht stimmig ist, indem wir ihn darauf aufmerksam machen, daß es nicht der heutigen Wahrheit entspricht.

Da vor der Aussage jedoch die Gedanken stehen - erst denkt man etwas, dann spricht man es aus- sind auch die Gedanken würdig , überprüft zu werden. Das geht jedoch nur bei den eigenen, darum ist auch hier die Reflexion angesagt. Unsere Gedanken entspringen unserem Geist, mit unserem Geist entwickeln wir die Wirklichkeit.

Glaubenssätze ziehen sich durch viele Leben hindurch, können sich etwas verändern sind aber immer- und immer benutzen wir nur selten- *negativ* gepolt, daß heißt sie bringen Abhängigkeit für die Person, die sie aufgestellt hat, manchmal auch noch für eine andere Person

Hier einige Beispiele:

Ich werde mich nie wieder in eine Frau/ einen Mann verlieben.

Ich werde mich nie wieder in Abhängigkeit begeben.

Ich werde nie wieder meine Frau/ meinen Mann verlassen.

Lieber opfere ich mich als wieder zum Täter zu werden.

Nie werde ich mein Ziel erreichen.

Wenn ich Erfolg habe, werde ich getötet.

Wenn ich etwas besitze, dann wird es mir weggenommen, dann gebe ich es lieber freiwillig her.

So oder Ähnlich lauten viele dieser Sätze, und davon haben wir viele Variationen.

Es gibt jedoch auch zunehmend andere Arten: Im nächsten Leben werde ich bei dir bleiben, im nächsten Leben kümmere ich mich besser um dich, mein Sohn, im nächsten Leben mache ich es so....

Man ahnt schon, wie sehr diese Glaubenssätze binden

und unfrei machen .
Mit diesen Glaubenssätzen ist es schwierig, ein glückliches Leben im Hier und Jetzt zu leben oder zu erleben. Man achtet unbewußt sehr auf die Einhaltung dieser Glaubenssätze und dadurch verpasst man viel Schönes im Leben. Ein Versprechen/Glaubenssatz muß man halten. Gott sei Dank sorgt die geistige Welt dafür, daß wir mehr und mehr diese Glaubenssätze sehen und auflösen lernen. Entweder mit Hilfe des Lebens, man kann diesen Glaubenssatz nicht einhalten aus irgendwelchen äußere Umständen, oder mit Hilfe von Geistheilern. Jeder darf für sich selber die passende Variante aussuchen.
Was also, wenn solche Glaubenssätze nicht ins jetzige Leben passen? Wenn z.B. ein Mann seinem Sohn versprochen hat, im nächsten Leben –wenn er noch mal eine zweite Chance bekäme- mehr Zeit mit ihm zu verbringen, dieser jedoch gar nicht sein Sohn wird sondern der Sohn des Freundes? Dann verbringt er viel Zeit mit diesem Kind, übernimmt vielleicht sogar die Verantwortung für dieses Kind. Irgend jemandem wird das nicht gefallen, normalerweise dem Kind, und es kommt zu einer Auseinandersetzung oder sogar zu einem Streit. Dann nämlich kann es bewußt werden und erst dann kann der Glaubenssatz oder das Versprechen aufgelöst werden.
Beim Geistheiler kann man diese Glaubenssätze herausziehen lassen, wenn sie entweder schon bewußt sind, oder aber danach werden sie erst bewußt. Wir sprechen unsere Seminarteilnehmer immer auf diese Glaubenssätze an, die ihm unbewusst sind und nicht mehr seiner Schwingung entsprechen und darum auf-

gelöst werden können.
Man sollte sich immer wieder vor Augen führen, welche Information das Unterbewußtsein dadurch bekommt. Die Glaubenssätze binden, was nicht gewollt ist, das Herausziehen macht bewußt und dadurch frei. Das Unterbewußtsein bekommt so die Information, daß diese Glaubenssätze herausgezogen und aufgelöst wurden, also nicht mehr vorhanden sind. Oft vergißt man danach die Glaubenssätze, logisch, sie wurden ja aufgelöst.

Sehr wichtig sind auch die Gedanken beim Sterbevorgang, diese deuten auf die Ausrichtung im nächsten Leben. Wenn jemand zum Beispiel beim Sterben denkt, nie wieder lasse ich mir helfen, Hilfe bedeutet Abhängigkeit, der hat schon Probleme dabei, sich ins Licht begleiten zu lassen. Er kann nur alleine oder erst viel später ins Licht geführt werden. Im ersten Fall wird er im nächsten Leben wahrscheinlich von Geburt an auf Hilfe angewiesen sein, indem er vielleicht behindert auf die Welt kommt, damit er Hilfe eben als notwendig erachtet und sich dankbar zeigen kann. Oder er wird evtl., im zweiten Fall, von Geburt an jede Hilfe ablehnen und die Eltern als ablehnend empfinden, weil er nicht weiß, daß in Wirklichkeit er es ist, der diese Hilfe nicht annehmen möchte, jedoch auf sie angewiesen ist.
Flüche sind Ähnlich gepolt, halten jedoch beide in einer Abhängigkeit, jedoch nur, wenn eine Resonanz besteht. Das bedeutet, wenn der andere an die Wirkung glaubt. Dabei reicht es schon aus, wenn er nur ganz tief in sich verborgen daran glaubt. Und das ist zumeist

dann gewährleistet, wenn auch die andere Person schon mindestens einmal mit Flüchen gearbeitet und diese nicht aufgelöst hat. So bekommen beide die Möglichkeit, den Fluch aufzulösen, jeder von seiner Seite aus. Oftmals ist es so, daß der verfluchte genau zu demjenigen geführt wird, der den Fluch verhängt hat. Ist ja auch bestechend logisch, wer kann ihn besser auflösen oder zurücknehmen als derjenige, der ihn verhängte.

Schwarze Magie ist etwas anders gelagert, weil der schwarzmagisch verfolgte zumeist gar nichts davon weiß. Zunächst eine Erklärung von Jesus, was schwarzmagisch überhaupt bedeutet, im Zweifelsfall: Alles worum der andere nicht gebeten hat. Darunter fällt auch Hilfe, um die nicht gebeten wurde.

Merksatz: Was ist das Gegenteil von gut gemacht? Gut gemeint!

Ausnahme: Wenn man mit dem lieben Gott und Jesus zusammen arbeitet und einer der beiden sagt, daß es in der göttlichen Ordnung ist, dann darf man helfen, auch wenn der andere nicht darum gebeten hat.

Manchmal ist die ungefragte Hilfe vor der Inkarnation abgesprochen und darum zulässig. Diese Hilfe kann aber nur der liebe Gott oder der liebe Jesus zuordnen, da wir meist keine bewußte Erinnerung daran haben.

Oft kommt die Seele dieses Menschen dann schon von alleine zu demjenigen, der helfen soll. Wenn man zwar mit dem lieben Gott zusammenarbeitet, aber ihn oder Jesus noch nicht hört, dann kann man vorher darum bitten, daß nur das geschieht, was in der göttlichen Ordnung ist. Ich mache dies grundsätzlich, ich möchte mir mein Karmakärtchen nicht wieder auffüllen.

Wenn man schwarzmagisch verfolgt wird, bemerkt man oft eine Sperre in seinem Leben, die unüberwindlich scheint. Allerdings ist nicht jede Sperre eine schwarzmagische. Erst wenn alles andere ausgeschlossen ist, zum Beispiel destruktive Glaubenssätze, kann man vom schwarzmagischen ausgehen. Und dann ist es wichtig zu wissen, das dies nur zugelassen wird, wenn ein Resonanzkörper vorhanden ist, daß heißt, wenn der verfolgte selber damit zu tun hatte. So erst kann dies nämlich bewußt gemacht und erst danach aufgelöst werden. Immer wenn einem etwas geschieht, wie wir im Volksmund sagen, angetan wird, kann man ein Thema , evtl. ein karmisches, lösen.
Schwarze Magie sind Manipulationen, die im Normalfall mit Ritualen untermauert wurden. Ziel der Manipulation ist es immer, den anderen Dinge sagen, denken, fühlen oder tun zu lassen, was derjenige möchte, der die Magie anwendet. Auch ohne Rituale ist Schwarze Magie möglich. Manchmal bekommt man eine Besetzung in die Aura gesetzt, die nur oder zu einem großen Teil aus Ego besteht. Diese sorgt nun dafür, daß man deren Gefühle und Gedanken zum Ausdruck bringt und man sich selber an der Erfüllung der eigenen Wünsche hindert.
Manchmal dringt der, der uns schwarzmagisch verfolgt, in unseren Körper oder Aura ein und verursacht dort Krankheiten.
Eine andere Art ist, wenn der schwarzmagisch verfolgende, selber in die Gedanken des anderen eintritt, sie manipuliert und ihn fremd bestimmt.

Dann gibt es noch ein Ritual, das den anderen Gefühlskalt werden läßt. Dies hat weitreichende Folgen, die kann sich jeder selber ausmahlen.
Voodoo gehört selbstverständlich ebenfalls dazu, das ist ja allgemein bekannt und muß sicher nicht mehr erklärt werden.
Wie kann man dieses nun auflösen?
Alles, was einem bewußt geworden ist, kann man sich energetisch herausziehen und auflösen lassen. Schwarze Magie hinterläßt einen dunklen oder schwarzen Energiestreifen, dem Kondensstreifen der Flugzeuge ähnlich, nur lösen sich diese Energiestreifen nicht von alleine auf. So kann man immer zurück verfolgen, wer diese Magie ausgelöst hat und so in dem Leben herum manipuliert. Dieser Energiestreifen muß mit besonderer Sorgfalt und natürlich mit Hilfe vom lieben Gott aufgelöst werden. Das verursacht bei dem Verursacher eine Art Stromschlag und hinterläßt bei ihm einen bitteren Geschmack, den er jedesmal, wenn er wieder in Versuchung kommt, seine Tat zu wiederholen, schmeckt. Bei dem schwarzmagisch verfolgten kommt es erfahrungsgemäß vorübergehend zu einer kurzen Angstattacke, weil ihm die Fremdbestimmung und damit der Machtmißbrauch bewußt werden. Da ja auch er schon mal damit gearbeitet hat, ist dies auch von beiden Seiten so gewünscht. Innerlich stellt der Verfolgte dann automatisch sein Denken und Handeln um, lehnt einen weiteren Machtmißbrauch seinerseits dann ab. Er hat schließlich am eigenen Leibe erfahren, wie schrecklich sich so etwas anfühlt. So kann dies auch endlich heilen.
Manchmal kann man sich etwas herausziehen lassen,

was erst durch die Veränderung des Herausziehens bewußt wird. Im besten Fall läßt man es sich von jemandem , der sich auch damit befasst und der mit dem lieben Gott zusammenarbeitet, herausziehen. Das sind noch nicht so viele, wie jetzt vielleicht geglaubt wird. Darum schreibe ich ja dieses Buch. Wie man bewußt mit ihm arbeitet, beschreibe ich in dem Praxisteil und den Übungen für Zuhause, das sind uns die wichtigsten Kapitel. Jedoch sollte man ja auch wissen, wie sich alles zusammensetzt , was es ist und was man da wirklich macht. Hintergrundwissen ist unersetzlich für die Bewußtseinserweiterung.

Manipulation: Zur Manipulation zählt wirklich alles, was man tut, um eine bestimmte Wirkung oder ein bestimmtes Ergebnis zu erzielen. Wenn man zum Beispiel lügt, um ein Paar auseinander zu bringen, zählt dies zur Manipulation. Ein anderes Beispiel, wenn man jemandem sagt, daß er etwas nicht kann, um ihn von etwas abzuhalten; wenn dies dann sogar die Seelenaufgabe ist , wiegt es besonders schwer. Wenn man einen Keil zwischen zwei Freunde treibt, weil man Angst hat, man steht vielleicht ohne einen Freund da, also um nicht die eigene Angst auflösen zu müssen.; wenn man jemanden zurückstößt, damit er nicht die wahren Gefühle sieht, so gibt es viele Beispiele, viele Variationen sind möglich. Je genauer man hinsieht, umso mehr Facetten der Manipulation erkennt man.

Wie kann man dies nun auflösen? Wie immer, erst bewußt machen. Wenn ich feststelle, daß ich mich immer selber manipulieren lasse, kann ich durch gezieltes nachfragen bei der betroffenen Person schon mal viele

Lügen enttarnen und somit auflösen. Bitte, scheut euch nicht, die Menschen mit den Lügen und der Wahrheit zu konfrontieren. Wenn dies im irdischen, aus welchen Gründen auch immer, zunächst nicht möglich scheint, dann kann man dies in der Meditation machen. Dort erfährt man dann auch ,wenn man möchte, den Eigenanteil daran. Meist jedoch zieht die Seele auch die Gelegenheit heran, es im irdischen noch aufzulösen.
Versprechungen, die man gar nicht bereit ist einzulösen, dienen auch nur der Manipulation. Durch ein Versprechen bindet man denjenigen in einer Erwartungshaltung an sich.
Von Männern und Frauen gleichermaßen beliebt: Laß uns Freunde bleiben; oder : wir reden später noch mal über alles; oder so ähnlich. Man ist nicht bereit, zu sich und seinen Gefühlen zu stehen.
Auch dies kann man auflösen, indem man dieses Versprechen nicht annimmt oder falls schon geschehen, wieder zurückgibt. Dies reicht in Gedanken. Wenn man selber dazu neigt, etwas zu versprechen, es aber nicht hält, dann kann man auch auf der geistigen oder energetischen Ebene dieses Versprechen zurücknehmen. Wenn möglich sollte man dies jedoch im irdischen, man hat es ja auch im irdischen Versprochen. Und dann natürlich auch noch sich und dem anderen vergeben, damit es für immer aufgelöst ist.

Karmische Partner

Es gibt viele Leben und somit viele karmische Partner, mit allen haben wir etwas gemeinsam, wir waren mal ein Paar. Manchmal reichte es nur für eine Affäre, manchmal für eine glückliche Liebe und manchmal war die Beziehung nicht glücklich. In der heutigen Zeit kommt man nur noch mal mit dem karmischen Partner zusammen, wenn es noch etwas aufzulösen gibt. Wenn man zum Beispiel den Partner in einem vergangenen Leben hörig war, dann sollte man ihn in diesem Leben verlassen und lernen , auch alleine, also ohne ihn , glücklich zu werden. Oder man ist von einem Partner verlassen worden und um das karmische aufzulösen , sollte man den Partner jetzt selber verlassen. Oder man wurde gewaltsam getrennt und in diesem Leben findet man sich zusammen, um sich in aller Freundschaft zu trennen. Zusammen leben , also für immer, sollten wir nur mit dem Seelenpartner, für den das alles nur bis zu einem bestimmten Maß gilt.

Also ist eine karmische Beziehung schon von Anfang an zur Trennung hin orientiert. Man lernt mit und an den karmischen Beziehungen, was es noch zu lernen gibt. Und erst dann kommt man dauerhaft mit dem Seelenpartner zusammen.

Für die Seelenpartner gelten etwas andere Regeln.

Seelenpartner

Es gibt nur einen Seelenpartner. Schließlich ist der Seelenpartner die Ergänzung zu uns, er vervollständigt uns. Er ist es auch, mit dem wir schon auf Atlantis eine Einheit gebildet haben und wir in diesem Leben, sofern alle beide ihre Seelenaufgabe angenommen haben, wieder zu dieser Einheit verschmelzen. In einer partnerschaftlichen Art und Weise, nicht auf Abhängigkeit oder Ängsten beruhend. Viele Ehen und Partnerschaften beruhen noch , oft unbewußt, auf diese Egoverträge. Jedoch mit dem Seelenpartner ist dies in der heutigen Zeit nicht möglich, da die geistige Welt uns hilft, unsere Ängste die wir im Bezug auf Partnerschaften seit Atlantis haben, bewußt zu machen und aufzulösen. Da wir auf Atlantis zum ersten Male erlebten, wie es ist, vom Seelenpartner getrennt zu sein, löst es in uns erneut große Ängste aus, wenn wir von ihm getrennt sind. Oder wir verharren in einer Situation mit dem Seelenpartner, die uns beiden nicht gerecht wird, weil wir Angst haben, erneut von ihm getrennt zu werden. Gerade diese Ängste jedoch sind sehr „bemerkenswert" können wir doch da die Ursache schnellstmöglich und auf effektive Weise auflösen.

Einige von uns sind mit dem Seelenpartner bereits zusammen und haben sich zum Lernthema gemacht, gemeinsam diese Ängste aufzuarbeiten. Andere wollten vielmehr erst ein Großteil ihres Egos und damit ihrer Angst auflösen, bevor sie mit ihm zusammen sein können. Wieder andere kennen ihn schon länger, wissen jedoch nicht genau, daß er es ist . Sie lernen sich unverbindlich kennen, um so nicht sofort mit ihren Ängsten konfrontiert zu werden. Erst bei näherer Betrachtung

lernen sie sich lieben, ganz so, wie sie es sich gemeinsam vorgenommen haben. Oder auch, wenn sie sich in die Augen sehen, sie sich im Himmel – oder auf Atlantis- befinden.
Jedoch immer ist es so, wenn beide zusammen sind, daß die Blumen schöner sind, die Blüten süßlicher duften, die Erde ein wenig bunter und alles um sie herum ein wenig klarer ist.
Alles dies sind Hinweise auf den Seelenpartner und wenn man noch nicht zusammen ist mit ihm , hat man noch etwas aufzulösen, zu bearbeiten oder etwas fertigzustellen- und zwar alle beide, sagt der liebe Jesus etwas strenger - je nachdem, wie die Absprache der beiden ist. Und die Absprache ist oft so, wie es auf Atlantis war, nur eben umgekehrt.
Wenn die Frau auf Atlantis zum Beispiel von Anderen erzählt bekommt , daß der Mann nicht gut ist und fremdginge, sie sich daraufhin von ihm trennt, dann wird es in diesem Leben so sein , daß er sich trennt, weil er Angst vor dem Gerede der anderen hat . Er wird sich mit der Seelenpartnerin jedoch seiner Angst stellen und sie auflösen, da sie es sich so gewünscht haben und die geistige Welt unterstützend eingreift. Da die Partnerin sich wegen dem Gerede der anderen auf Atlantis getrennt hat, trennt auch er sich wegen des Geredes der anderen von seiner Partnerin. Hat sie damals die Trennung herbei geführt, macht er dies heute. Wenn er sich auf Atlantis nach der ungerechtfertigten Trennung einige „Zeit“ um die Beziehung bemüht hat, ist es in diesem Leben wiederum umgekehrt. Sie wird sich dann nach der Trennung um die Beziehung bemühen. Nach dieser angemessenen Zeit und wenn beide ihre

Lernaufgaben gelernt haben wie es abgesprochen war, die Ängste aufgelöst haben, kommen sie dann wieder zusammen. Später als ein Paar, daß sich auf der Seelenebene ergänzt und doch unabhängig voneinander ist.
Wie im Märchen, daher kommen sie ja auch.
Und wenn sie nicht gestorben sind , dann leben sie noch heute. Und da die Seele nicht stirbt....

Wenn beide Seelenpartner ihre Seelenaufgabe angenommen haben und sich bereit erklärt haben, ihr Ego aufzulösen, dann werden sie mit Hilfe der geistigen Welt zusammen finden und unter Mitarbeit der Menschen auch zusammen bleiben. Kurze Trennungen sind dazu da, um wieder Ego aufzulösen, von beiden Seiten natürlich, und den anderen wieder als eigenständiges Individuum sehen zu lernen. Und gleichzeitig hat man dann die Möglichkeit, auch sich selber wieder neu zu definieren, zu erfinden und neu zu leben. Alles ist möglich.
Dies kann dann auch die letzte Inkarnation sein, wenn man dies möchte.

Seelenschwestern / Seelenbrüder

Dieses Kapitel liegt meiner Seelenschwester besonders am Herzen und ist auch wichtig, wie alles andere auch. Seelengeschwister gibt es immer drei, eine arbeitet zunächst auf der körperlichen Ebene, die zweite auf der geistigen Ebene , die dritte auf der Seelenebene. Alle können die Arbeit auf der Seelenebene erreichen , jedoch fangen sie auf unterschiedlichen Ebenen an mit der Arbeit. Je nachdem, wie sie schon auf Atlantis gearbeitet haben. Aber alle drei Ebenen sind wichtig, wollen wir doch auf allen Ebenen Heil werden und auf allen Ebenen das Ego auflösen. Zumeist ist es so, daß eine dieser Schwestern ausfällt, daß heißt, daß nur zwei zusammen bleiben. Das hat natürlich auch seinen Ursprung auf Atlantis. Damals fiel schon eine aus der Rolle, hat die anderen beiden manipuliert und gegeneinander ausgespielt oder Ähnliches. Damit dies nicht mehr geschieht, bleibt diese dann erst mal alleine, ohne die beiden anderen, und kann so dieses Karma auflösen. Unbewußt wird sie vielleicht sogar die beiden auf irgend eine Weise zusammen führen. Das ungewöhnliche an den Seelenschwestern ist, daß sie sich nur kurze Zeit wirklich trennen müssen, und das auch nur, um die Angst aufzulösen, daß sie sich eines Tages trennen müssen. Wenn man sich ja trennt, hat man keine Angst mehr davor.

Auch dient es dazu, frei von der Abhängigkeit zu einer oder beiden Schwestern zu werden, da sie in die Eigenverantwortung kommen sollen und so mehr Selbstbewußtsein entwickeln können.

So war es ja auf Atlantis , die Schwestern mußten sich trennen , da sie in verschiedene Leben inkarnierten.

Durch diese kurze Trennung erleben sie erneut wie es ist, getrennt voneinander zu sein, sich alleine zu fühlen. Wenn sie dann diese Angst aufgelöst haben, können sie wieder in Kontakt miteinander treten. Sie erfahren so, daß man nicht aus der Abhängigkeit heraus zusammen bleiben soll, sondern nur, wenn man es wahrhaft will, auf freiwilliger Basis sozusagen.
Wenn nun irgendwie doch wieder eine destruktive Erinnerung aus einem anderen Leben auftaucht, nachdem das Karma aufgelöst wurde, dann werden die Schwestern erneut getrennt, um sich nicht wieder neues Karma zu schaffen. Da gehören auch Gedanken und Gefühle zu. Wenn zum Beispiel die eine der anderen unterbewußt Vorwürfe macht, oder sich immer wieder ärgert, wird dies von oben getrennt.
Seelenbrüder haben eine ähnliche Bedeutung füreinander. Auf Atlantis hat jedoch zumeist einer der drei Brüder die Frau des anderen begehrt, darum sind dann auch oft nur zwei von ihnen zusammen. So wird eine Wiederholung verhindert.

Seelenfamilie

Wie wir wissen, gibt es einmal die körperliche, irdische, Familie und zum anderen die Seelenfamilie. Dies ist das Zeitalter, wo sich die Seelenfamilien wieder vereinen können und sollen, da dies der göttliche Plan ist und wir ihn so durchführen wollten. Wie in jeder normalen Familie gibt es auch in der Seelenfamilie Geschwister, Eltern und Kinder, und natürlich den Partner. Wenn man davon ausgeht , daß sich die Seelenfamilie wieder vereinen wird, dann ist auch klar, daß man nicht mit seinem Seelenbruder / Seelenschwester die Verbindung einer Partnerschaft auf Seelenebene eingehen kann. Dessen Seelenpartnerin müßte sich dann, um nicht alleine zu bleiben, auch jemand anderen suchen und dann gibt es erneut diese Suche auf Lebenszeit nach dem „Richtigen", nämlich dem Seelenpartner. Wenn wir alleine die Begriffe vertauschen, Seelenpartner zum Beispiel mit Dualseele und Seelenbruder mit Seelenpartner, dann hilft man dem Ego durch die Verwirrung des Geistes und des Unbewußtseins, die göttlichen Ordnungen noch einmal hinauszuschieben, was eine Unterstützung des Egos und damit eine Vergrößerung des Egos bedeutet. Dieses Wortspiel bedeutet, daß man doch die Wahl zwischen verschiedenen Partnern hat und man sich nicht mit seiner Ohnmacht auseinander setzen und sie auflösen muß. Daß heißt weiter, daß ich diesen Teil meines Egos behalten möchte/darf. Natürlich haben wir die Wahl, möchte ich meinen Weg gehen oder nicht? Das ist unsere Wahl, nicht mit welchem Seelenpartner möchte ich in diesem Leben zusammen sein?

Nur sehr wenige haben bis jetzt ihre Seelenaufgabe angenommen, daß bedeutet, daß die Seelenfamilie in meiner heutigen Generation noch nicht vervollständigt werden kann. Jedoch haben zum Beispiel ein Sohn/Tochter, die Seelenpartner dies getan und haben so die unendliche Freude, eine kleine Seelenfamilie zu werden, wenn der Sohn/Tochter auch auf Atlantis der Sohn/Tochter war.

Wir sollten uns um unseretwillen darum bemühen, die Seelenfamilie wiederherzustellen, mit den Mitgliedern, die uns zur Verfügung stehen. Diese Seelenfamilie wird uns dabei behilflich sein, bedingungslos unser Ego und damit unsere Angst aufzulösen, weil uns eine besondere Liebe zueinander verbindet. Das Seelenband dieser Seelenfamilie ist gleichzeitig ein Versprechen, sich nicht mehr für einen längeren Zeitraum zu verlassen. Diese Seelenfamilie besteht zur Zeit noch aus sehr wenigen Mitgliedern aber so wird der Anfang leichter sein, und im nächsten Leben wird dann vielleicht die Familie komplettiert, die einen indem sie Geistführer werden und die anderen zusammen führen, und die anderen indem sie lernen doch ihr Ego aufzulösen, da sie ja in der geistigen Welt gelernt haben, daß man soviel Hilfe bekommt, wie man möchte und auch annehmen kann und darf.

Demut

Noch ein kurzes Wort zur Demut, weil dieses Gefühl für viele noch so neu ist in dieser Zeit und oft so mißverstanden wird. Demut ist tiefe Dankbarkeit. Es fühlt sich etwas an wie eine tiefe Traurigkeit, jedoch mit viel Freude verbunden. Es ist die tiefe, innere Gewißheit daß man bedingungslos geliebt wird. Man kann es kaum beschreiben, es macht innerlich still. Und wir möchten es immer wieder fühlen, weil es uns Ganzheitlich erfüllt und uns Ganzheitlich erleben läßt. Wir sind in der Demut eins mit dem lieben Gott und wirklich im Hier und Jetzt. Auch vereint in Vergangenheit, Gegenwart und Zukunft, einverstanden mit allem , was ist. Wie sagt man so schön, einfach im Sein.

Göttliche Hilfe

Göttliche Hilfe ist in allem, was uns begegnet. Würde es keine Hilfe für uns bedeuten, dann würde es der liebe Gott und die geistige Welt nicht zulassen. Die größte Hilfe jedoch ist die Schwingungserhöhung, die bisher noch drei- bis viermal im Jahr statt findet. Meist findet sie zu Ostern, im Juni und natürlich zu Weihnachten statt. Sie dauert mehrere Wochen, zeigt sich im körperlichen in übermäßiger Müdigkeit, Schlaflosigkeit, Trägheit , aber auch in Stimmungsschwankungen und großer Traurigkeit.

In diesen Zeiten des Übergangs in die neue Schwingung, haben wir die Gelegenheit, besonders schnell an unsere unbewußten Themen und Ängste heranzukommen und aufzulösen, und zwar bewußt, wenn wir die Zeitqualität nutzen. Auch fällt es uns leichter in die früheren Leben zu kommen, sich die Gemeinsamkeiten mit dem heutigen Leben und Ängsten anzusehen und aufzulösen. Das geht immer leichter, je höher die Schwingung auf der Erde ist. Da das Ego eine niedrige Schwingung hat und in dieser immer neuen Schwingung nicht „leben“ also existieren kann, da es sich immer nur teilweise anpassen kann, wird der andere Teil des Egos bewußt und so automatisch aufgelöst. Der aufgelöste Teil des Egos wird nun zu einem Teil unserer Seele, die ja eine höhere Schwingung hat. Ego ist eine Erergieform, und Energie verschwindet nicht, sie verwandelt sich nur. Darum fühlen wir uns nach dem Auflösen auch vollständiger, heiler. Mit unserem Aufarbeiten und Auflösen des Egos unterstützen wir also so unsererseits den lieben Gott und die geistige Welt und sorgen so wiederum für eine

Schwingungserhöhung. Diese ist noch nicht so kräftig wie die vom lieben Gott, aber auch wichtig und wirksam. Zeigen wir doch so auch noch mal die Bereitschaft, in unsere Eigenverantwortung zu gehen und uns selber weiter zu entwickeln, soweit wir dies können.

Geistige Gesetze

Hier eine kurze Zusammenfassung von einigen geistigen Gesetzen. Die Reihenfolge bestimmt der liebe Jesus, sie hat sicherlich ihren Grund.

Das Stufenprinzip:

Dieses Prinzip besagt, daß der liebe Gott keine Stufe auf der Himmelsleiter, auf der Treppe zum neuen Bewußtsein, zur Erleuchtung , unbesetzt läßt. Das bedeutet, daß wir Menschen mindestens einem Nachfolger auf unsere Stufe heraufhelfen evtl. auch einarbeiten sollen, bevor wir auf die nächste höhere Stufe hinauf können/dürfen. Erst dann können wir wirklich auf die nächste Stufe aufsteigen. Da wir alle und zu jeder Zeit Hilfe bekommen dürfen, auch im irdischen, ist es also vorgegeben, daß wir unser Wissen weitergeben und es dem großen Ganzen zur Verfügung stellen. Erst dann ist gewährleistet, daß sich dieses Wissen durch mit- teilen vermehrt. Der andere steuert gleichzeitig sein Wissen und seine Erfahrung bei, und so vermehrt es sich auch bei dem Einen. Dieses Wissen kann dann entweder von dem anderen angenommen werden, oder nicht. Das ist dann der freie Wille des anderen. Wir sollen es nur anbieten, ob der andere es annimmt, liegt dann in seiner Eigenverantwortung. Die geistige Welt sorgt dafür, daß jemand, der es annehmen kann und auf unsere Stufe hinauf möchte, zur
richtigen Zeit zu uns findet, damit wir dann auch weiter gehen können. Ob wir dann unsererseits wieder Hilfe annehmen, ist unsere freie Entscheidung.

Was man aussät, erntet man:

Wenn wir jemandem helfen, ohne Erwartungen zu hegen, dann bekommen wir die Hilfe zurück, wenn wir sie genauso dringend nötig haben , wie der Andere sie auch hatte. Wenn wir also jemanden beurteilen, verurteilen oder sogar töten, bekommen wir das auch zurück.

Was man ausgesät hat, bekommt man vielfach zurück:

Was man aus dem Ego heraus jemandem etwas angetan hat, bekommt man dies vielfach zurück, meist sind das mindestens dreimal. Dies gilt natürlich auch für die Dinge aus vergangenen Leben. Jedoch kommt es zu noch mehr Wiederholungen, wenn man nicht vergeben hat oder nicht zur Vergebung bereit ist. Wenn man also jemanden getötet hat, wird man selber vielfach getötet. Das gilt aber auch für Gedanken und Worte: wenn man gelogen hat, um sich selber vor der Verantwortung der Taten zu drücken, dann lügen andere um ihre Verantwortung nicht zu übernehmen.

Auch alles, was wir aus reiner Liebe aussäen, bekommen wir auch mehrfach zurück.

Oft jedoch ist uns unsere eigene Intention verborgen, so daß wir gar nicht bemerken, daß wir nicht aus der Liebe heraus gehandelt haben. Wir haben dann die Möglichkeit, auf die Früchte zu achten, die wir ernten. Wenn wir also etwas anderes ernten als Liebe, ist dies oft ein Hinweis auf unsere verborgene Intention. Wichtig ist in diesem Zusammenhang wieder unser eigenes Gefühl beim ernten. Habe ich selber ein Gefühl der Liebe in mir, war auch die Intention Liebe.

Dies ist dann ein bewußter Schritt, um das Unbewußte bewußt zu machen.

Je mehr unbewußte Themen man sich angeschaut und durch Vergebung aufgelöst hat, umso leichter und schneller sieht man die eigentliche Intention. Am Anfang versteckt sich noch oft Manipulation hinter dem Vorhang der Liebe. Mit der Zeit und dem bewußten aufarbeiten ist die Intention immer mehr die Liebe.

Meine Ängste werden Wirklichkeit

Alle Dinge, Gefühle und Ereignisse, vor denen ich Angst habe- also weglaufen möchte- zieht meine Seele in mein Leben. Nur so ist die vollständige Auflösung dieser Ängste gewährleistet. Wenn man zum Beispiel Angst hat, von dem Partner verlassen zu werden, geschieht genau dieses. Das hat zur Folge, daß man keine Angst mehr vor diesem Ereignis hat, da es ja bereits eingetreten ist. Auch hat unser Bewußtsein dann die Möglichkeit, unser Unterbewußtsein so zu programmieren, daß diese Erfahrung nicht so schlimm ist, wie man glaubte. Man hat es überlebt und man kann den Menschen immer noch lieben und sich selber natürlich auch. Auch diese Erfahrungen sind Hilfen von der geistigen Welt und man sollte sich auch für dieses bedanken. So programmiert man sein Unterbewußtsein auf die Hilfe und das Annehmen dieser Hilfe.
Auch kann man dann erfahren, daß genau diese Situation uns ein Stück weit zu uns selbst geführt hat, da wir nicht so mehr ängstlich sind, wie vor dem Ereignis. Wenn dann der Partner- und beim Seelenpartner ist dies meist so- zurückkommt, hat man keine Angst mehr vor dem Verlassen werden.
Natürlich nur, wenn man die Gelegenheit dahin auch genutzt hat.

Effizienz :
Wir sind dazu aufgerufen, unsere Ressourcen bestmöglich einzusetzen. Dazu dient die Anbindung an den lieben Gott , da wir unter seiner Führung und mit ihm gemeinsam mit so wenig Energieaufwand wie möglich größtmögliche Heilung bewirken, bei uns selbst und auch bei anderen.
Wahrheitspflicht:
Wir haben die besondere Pflicht zur Wahrheit, symbolisieren wir doch damit, daß wir die Verantwortung in vollem Umfang für alles, was wir gesagt, gedacht, getan und gefühlt haben, übernehmen. Durch unsere Arbeit im spirituellen und unsere Zusammenarbeit mit dem lieben Gott haben wir Vorbildfunktion. Dadurch wiegt es besonders schwer, wenn wir bewußt lügen und andere uns dann folgen und ebenfalls die Unwahrheit verbreiten, da sie es nicht anders von uns gelernt haben. Erst können wir die menschliche Wahrheit verkünden, dann später auch die göttliche, was wiederum andere dazu inspirieren kann und wird, den Weg in die bedingungslose Liebe ebenfalls zu finden und zu gehen.
10 Gebote:
Wenn wir weitgehend unser Ego aufgelöst haben, werden wir feststellen, daß es uns leicht fällt, die 10 Gebote zu befolgen. Unser Ego hindert uns daran, sie zu befolgen, meist empfinden wir es sogar als unmöglich, sie einzuhalten. Aber keine Angst, wir haben ja noch ein wenig Zeit, die Gebote lieben zu lernen und ihre wahre Bedeutung zu erleben, da sie ein Zusammenleben in Liebe bedeuten. Wenn wir mit unserem Seelenpartner vereint sind, dann können wir sogar auf der Seelenebene beim lieben Gott heiraten und den Bund

besiegeln, wenn wir möchten. Dieser Bund wird dann wirklich der sein, der nicht von Menschen getrennt werden soll/darf. Es ist ja unsere Ergänzung, und mit unserem Seelenpartner fühlen wir uns erst vollständig und heil. Wir erliegen dann auch nicht mehr der Versuchung, mit einem anderen Mann/einer anderen Frau als mit dem Seelenpartner zusammen sein zu wollen.

Durch die Auflösung unseres Egos kommt unser wahres ich, nämlich unsere Seele, das göttliche in uns, immer mehr zum Vorschein und wir sind dann selbstbewußt(also unseres Selbst vollständig bewußt) und wir möchten dann nur das, was zu uns gehört, und nichts weiter, da wir zuviel/zuwenig oder etwas von anderen, als störend oder als Ballast empfinden würden.

Übungen für Zuhause

Schutz

Dieses schreibe ich aus einem bestimmten Grund an den Anfang der Übungen für Zuhause.
Wenn man sich bewußt dazu entschlossen hat, mit dem lieben Gott zusammenzuarbeiten und sein Ego aufzulösen, dann hat natürlich die Gegenseite in Form unseres Egos etwas dagegen. Muß es sich doch dann auflösen und hat somit natürlich keine Macht mehr über uns und unser Verhalten. Und was wir aus der Liebe heraus denken , fühlen und tun bringt uns kein neues Karma mehr ein, bringt uns immer näher unserer Verwirklichung entgegen und damit auch dem lieben Gott. Auch bemerkt man durch den Kampf unseres Egos mit unserer Seele bewußt, wenn man sich bewußt schützt, daß der liebe Gott der Stärkere ist- also die Liebe immer die kraftvollere Energie ist. Wie sonst als durch die Zweifel und den Kampf unseres Egos wird das Ego in seiner Form bewußt wahrgenommen? Und wir werden auf diese Weise erneut gefragt, möchte ich es wirklich auflösen und mit dem Höchsten zusammenarbeiten? Denkt daran, Angst kommt vom Ego, aber Eigenverantwortung von der Liebe, da es Vertrauen voraussetzt.

Atlantischer Schutz

Mache bitte die Grundmeditation wie folgt. Dann bitte den lieben Jesus, daß er dich zu der großen Halle führt, die im weißen Licht hell erleuchtet strahlt. Dann gehe über die Schwelle mit dem lieben Jesus, gehe weiter vor bis zu dem hellsten Punkt oder wo auch immer der liebe Jesus dich hinführt. Öffne dein inneres Auge und schaue dich um, sieh vor dich und schau wie der liebe Gott, der sich vor dir befindet, für dich aussieht.
(Er sieht natürlich für jeden anders aus, auch die Halle ist für jeden etwas anders.)

Bedanke dich bitte bei ihm, daß du zu ihm kommen darfst. Bitte ihn um den Atlantischen Schutz. Du bekommst einen Reif, in welcher Farbe auch immer. Bitte ihn darum ,daß er dir die Handhabung zeigt.
Man kann ihn vergrößern, die Farbe verändern. Zum Beispiel kann man ihn Rot werden lassen für Energie, wenn man Energielos ist, oder Grün wenn man Heilung benötigt, Rosa für Liebe ect. Man kann ihn auch zum Mantel werden lassen, sich in ihn einhüllen und so Schutz finden, natürlich im seelischen. Probiert es einfach aus, viel mehr ist möglich damit.
Bedanke dich beim lieben Gott, lasse dich vom Jesus zurückführen und bedanke dich bei ihm.
Erde dich wieder und dann viel Spaß beim ausprobieren.

Dieser Schutz hält solange , wie du ihn für die jeweilige Situation benötigst.
Diese beiden Schutzformen habe ich in einer Meditation vom lieben Jesus und vom lieben Gott ge-

zeigt bekommen. Schutz ist meist nur vorübergehend notwendig, solange wir noch nicht fest in unserer nächst höheren Schwingung sind. Es ermöglicht uns ein leichteres Vorankommen, ohne immer wieder hinunter gezogen zu werden, was das Ego ja versucht.

Anmerkung: Ein Mann bekommt die klassische Ritterrüstung anstelle des Mantels, die Handhabung ist jedoch die gleiche. Das ist wirklich so!

Göttlicher Schutz

Mache bitte die Grundmeditation. Bitte den lieben Jesus zu dir, bitte ihn ,dich in die große
Halle zu führen, die im weißen Licht hell erleuchtet ist. Gehe bitte zu dem hellsten Platz, schaue den lieben Gott, der vor dir steht, an.(Er sieht für jeden anders aus.)
Nun bedanke dich dafür, daß du zu ihm kommen darfst, bitte ihn um seinen göttlichen Schutz.
Dieser göttliche Schutz ist eine goldene Kugel, die sich vergrößert und in die man hinein steigen kann. Bedanke dich bei ihm für seinen Schutz, bitte den lieben Jesus darum, daß er dich zurück führt. Bedanke dich beim Jesus für seine Hilfe und komme ins Hier und Jetzt zurück. Öffne deine Augen und erde dich.
Erklärung: Dieser Schutz hält zur Zeit für ca. vierundzwanzig Stunden

Grundmeditation

Setze dich bitte aufrecht hin, Füße auf die Erde, schließe bitte nun deine Augen.
Atme bitte goldenes Licht in dich hinein, lasse sich jede Zelle deines Körpers anfüllen mit goldenem , göttlichen Licht. Beim Ausatmen atmest du alle Aufregung, Gedanken und alle Ängste aus dir heraus. Dann atme noch mehr goldenes Licht ein, schaue bitte überall im Körper nach, das sich alles anfüllt/ angefüllt hat mit goldenem Licht. Schaue im Kopf, insbesondere im Gehirn nach, im Nacken, die Wirbelsäule, den Rücken herunter, im Gesäß, die Beine, Fersen und Füße bis zu den Zehen. Dann auch natürlich vorne in den Beinen, im kleinen Becken, im Becken, im unteren Bauch, im

Bauch , im Herzen, in der Lunge, das Brustbein , Hals und Gesicht, bis in die Haarspitzen hinein, alles hat sich angefüllt mit goldenem Licht.
Dann atme noch mehr Licht in dich hinein, lasse sich dieses Licht ausdehnen über deine Körpergrenzen hinaus, bis du in einer Lichtkugel aus goldenem Licht sitzt. Bitte den Jesus hinzu, oder für den Anfang einen Engel , bitte darum, daß nur das geschieht, was in der göttlichen Ordnung ist.
Bitte bedanke dich bei dem lieben Jesus und / oder bei deinem Engel dafür, daß er da war und dir behilflich war. Mache einen tiefen Atemzug und komme ins Hier und Jetzt zurück. Spüre
den Boden unter den Füßen und erde dich wieder.
Erklärung: Je mehr goldenes Licht im Körper ist, umso weniger Platz ist für unser Ego . Wo kein Ego ist, kann uns auch kein Ego auf den falschen Weg bringen. Denn das Ego möchte die Zusammenarbeit mit dem lieben Gott verhindern. Wo Liebe ist hat das Ego keinen Platz und muß sich auflösen.

Meditation für Fortgeschrittene

Zuerst bitte die Grundmeditation, dann stelle dir vor deinen Füßen eine goldene , waagerechte Linie vor. Hinter dieser Linie kannst du dann den lieben Jesus hinzu bitten . Bedanke dich bitte bei ihm dafür , daß er gekommen ist. Bitte ihn darum , daß er achtgibt, daß nur die Wahrheit gesprochen oder gezeigt wird, oder daß nur das eine wahre Gefühl zugelassen wird.
Dann kannst du so mit etwas Übung dem lieben Jesus deine Fragen stellen und seine Antworten hören.

Das Bedanken natürlich nicht vergessen, ganz wichtig.

Variante: So kannst du auch, wenn es in der göttlichen Ordnung ist, mit anderen Seelen kommunizieren. Wenn plötzlich die beste Freundin böse auf dich ist, oder natürlich der beste Freund, dann kannst du ihn so fragen, was er oder sie dir nicht vergeben hat und was er oder sie braucht, um dir zu vergeben.

Erklärung: So kommunizieren wir auf der Seelenebene , daß heißt, es können auch Antworten aus früheren Leben kommen, oder Ereignisse oder Ähnliches. Das kann bei jedem unterschiedlich sein. Mit der heutigen Schwingung ist es relativ leicht, in die Meditation zu kommen. Du kannst auch den lieben Jesus bitten, er möchte bitte lauter sprechen, das erleichtert die Kommunikation. Wenn wir um etwas bitten, zeigen wir echtes Interesse oder auch den wahrhaften Willen etwas zu verändern und unsere Zukunft selber gestalten zu lernen.
Bitte den lieben Gott oder den lieben Jesus darum, wenn du es wirklich möchtest, daß er dir hilft, dir selbst und deinem Gegenüber zu vergeben. Auch kannst du selber **danach** darum bitten, daß dein Gegenüber dir dein Handeln vergibt.
Beim ersten Mal war dies eine Überwindung für mich, aber nach der Vergebung zog ein ganz ungewohntes Liebesgefühl in mich ein. Von Mal zu Mal geht dieses Gefühl immer tiefer und immer wieder gibt es neue Dinge zu vergeben, mir und anderen. So wächst auch das Verständnis untereinander und wir leben wieder

mehr miteinander.
Dies kann man ebenso in der beschriebenen Halle tun.
Tip: Man kann auch weißes anstelle des goldenen Lichtes nehmen.

Meditation für die Meisterebene

Mache bitte die Grundmeditation; dann stelle dir eine goldene , waagerechte Linie vor deinen Füßen vor. Bitte den lieben Jesus dazu, bitte darum daß nur das geschieht, was in der göttlichen Ordnung ist.
Dann stelle dir zwei dir bekannte Menschen vor , auch zwischen den beiden eine goldene Linie. Bedanke dich bitte für ihr kommen. Dann kannst du so auf der Seelenebene dabei behilflich sein, daß sich Menschen unterhalten können, die es im irdischen nicht können, sei es durch Streit, Krankheit, oder auch durch den Tod. Manchmal dürfen wir hören, was die Beteiligten miteinander besprechen, manchmal nicht. Dann ist es nicht notwendig für uns.
Bitte das Bedanken nicht vergessen, das ist uns wichtig zeugt es doch von Achtung voreinander. Erklärung: Im Altenheim habe ich mit Vorliebe Menschen miteinander reden lassen, die nicht mehr mit ihrer Tochter ,seinem Sohn ect. reden konnten oder auch, wo die Kinder sich mit den Eltern / einem Elternteil so sehr gestritten hatten, daß eine Kommunikation auf der irdischen Ebene nicht mehr möglich war.
Diesen Tip bekam ich von einer lieben Beraterin, hier nochmals lieben Dank dafür.

Merksatz: Immer mit dem Zusatz „ Wenn es in der göttlichen Ordnung ist."

Denn echte Helfer mischen sich nicht ein, sie fragen beim lieben Gott nach.

Wir wissen selber zuwenig als das wir uns einmischen dürfen.

Und immer bedanken, es zeugt von Achtung

voreinander.

Alle Arten der Meditation sich gleich wichtig, keine besser oder schlechter als die andere, nur in ihrer Funktion bzw. Intention anders. Da wir es zum Unterscheiden aber benennen müssen , haben wir sie so benannt.

Hausreinigung

Regelmäßige Hausreinigungen sind genau so notwendig wie putzen und spülen. Wir reinigen dann energetisch die Bestandteile aus unserem Wohnumfeld, was wir aufgearbeitet, aufgelöst aber noch im Umfeld vorhanden ist oder was wir von anderen bewußt oder unbewußt übernommen haben. Oder auch was andere uns mitgebracht und hier gelassen haben.

Wir setzen uns in einen Raum, gehen wieder in die Meditation (Grundmeditation) und erweitern die Lichthülle um uns herum so weit, bis sich der ganze Raum, die ganze Wohnung oder das ganze Haus mit goldenem Licht an- bzw. ausgefüllt hat. Dann bittet man den lieben Jesus, den man ja vorher dazu gebeten hat, um die Reinigung des Raumes, der Wohnung und evtl. des Hauses. Man bittet ihn darum, das er alles auflöst, was nicht mehr zu uns gehört, und auch darum, daß er alles versiegelt und nur noch göttliches Licht hinein kommt. Dann bedankt man sich bei ihm, kommt ins Hier und Jetzt zurück und öffnet die Augen. Das macht man am Anfang ruhig alle zwei oder drei Tage, später nach dem Gefühl, jedoch auch dann regelmäßig, weil es dabei hilft , bei sich selber zu bleiben, im eigenen Gefühl.

Variante: Man kann natürlich nicht nur um Reinigung bitten, ich bitte zum Beispiel auch darum, daß die Menschen die dieses Haus/diese Wohnung betreten, Heilung vom lieben Gott erfahren und diese auch leichter annehmen können, wenn es in der göttlichen Ordnung ist.

Erdung

Die Erdung ist sehr wichtig. Jesus sagt immer , man kann den Menschen mit einem Baum vergleichen: Je tiefer die Wurzeln, umso höher kann die Krone in den Himmel hinein wachsen.

Je mehr man geerdet ist, umso leichter und schneller kann die Schwingung sich erhöhen.

Wir wollen ja die Schwingung von Körper, Geist und Seele erhöhen, da ist die Erdung wichtig. Wenn wir die Anbindung an das irdische verlieren, können wir im irdischen nicht wirklich etwas bewegen, verändern, helfen oder gar auflösen. Unser Körper ist ein Teil von uns und bedarf ebenso der Weiterentwicklung wie unser Geist. Wenn man nicht geerdet ist, neigt man zu Traurigkeit und Depressionen, weil es der Weiterentwicklung nicht dienlich ist. Depression ist ein Zeichen dafür, daß die Seele weint. Ohne die Anbindung an den Körper, ist die Seele ungeschützt , erst im Körper ist sie beschützt und kann ihre Seelenaufgabe erfüllen.

Es gibt viele Möglichkeiten der Erdung, so kann man sich zum Beispiel Wurzeln vorstellen, die aus den Fußsohlen in das Erdreich hinein wachsen und sich dort verwurzeln- festhalten.

Dann gibt es die Möglichkeit, auf der Erde herum zu hüpfen und den Boden fest unter den Füßen zu spüren, beim Auftreten.

Auch den Menschen in die Augen schauen und Dinge genau fixieren, hilft uns beim Erden.

Normale Tätigkeiten wie zum Beispiel im Garten oder auf dem Balkon arbeiten, erdet uns.

Aber da gibt es noch etwas anderes: Man geht in die

Meditation und stellt sich vor, wie die Seele in den Körper hinein sinkt. Wie sie sich im Körper verankert und dann bittet man die Seele, im Körper zu bleiben, solange es in der göttlichen Ordnung ist.

Meist steigt die Seele in Gefahrensituationen aus dem Körper heraus, auch beim Lügen- man hat Angst davor, erwischt zu werden. Dann kann man sie – später auch ohne Meditation- auf diese Art wieder in den Körper bitten. So geerdet kann man seiner Lebensaufgabe in jeder Hinsicht in Freude nachgehen. Man fühlt sich nicht mehr getrennt von sich selber , also vollständiger, ganzheitlich heil und mit sich selber wieder verbunden.
Wenn man nicht geerdet ist, kann man im irdischen nicht viel bewegen, helfen oder gar auflösen, sagt der liebe Jesus immer, da man die Anbindung an das Menschliche nicht mehr hat.

Praxisteil

Anmerkung: Zu Beginn möchte ich jedem der möchte, das Gebet mitgeben, das der liebe Jesus uns mitgegeben hat, um damit zu arbeiten und die Heilung und die Heilungsbereitschaft zu optimieren. Vor der Arbeit bete ich das Gebet, manchmal bitte ich den Klienten darum, daß er es wiederholt, um dann seinerseits um die Heilungsbereitschaft zu bitten.

Gebet:

Lieber Gott

Gib uns bitte allen den freien Willen und die Kraft,

alles was nicht zu uns gehört
loszulassen und aufzulösen,
insbesondere um auf allen Ebenen zu vergeben
und deine Heilung und deine Vergebung anzunehmen,
sofern dies in deinem göttlichen Sinne ist.
Amen.

Wie also können wir dieses alles auflösen ?
Zuerst einmal stellen wir uns in der Meditation folgende Fragen und geben Jesus oder dem lieben Gott bewußt die Antworten auf folgende Fragen:
a) Bin ich nun bereit, meine Seelenaufgabe anzunehmen und bereit nur mit dem lieben
Gott und Jesus zusammen zu arbeiten?
b) Was bin ich bereit dafür zu tun und zu geben?
c) Bin ich nun bereit mein Ego aufzulösen?
Und die *richtigen* Antworten , um mit dem lieben Gott zusammen zu arbeiten ,
sind natürlich:
a) Ja, ich bin nun bereit meine Seelenaufgabe anzunehmen und mit dem lieben Gott zusammenzuarbeiten.
b) Ich bin bereit, alles dafür zu tun und zu geben.
c) Ja, ich bin nun bereit , mein Ego vollständig aufzulösen.

Auch wenn man sich die Fragen schon gestellt hat, ist es hilfreich, sie sich öfter zu stellen .Es dient der Bewußtwerdung. Es sind die gleichen Fragen , die wir beim Rat der großen Sieben , beim lieben Gott, schon beantwortet haben. Durch die Wiederholung manifestiert sich der Wunsch, es wirkt wie eine positive

Affirmation, wir können die Eigenverantwortung leichter erkennen und Depressionen, die wir alle gemeinsam hatten und haben, werden weniger und weniger, gehen ebenfalls schneller vorbei. Depression ist das Weinen der Seele, wenn wir Menschen nicht bereit sind , die Verantwortung für unsere Taten zu übernehmen. Das äußert sich oft in Sätzen wie: Warum läßt der liebe Gott das zu?
Und eigentlich meinen wir: Warum hat der liebe Gott zugelassen , daß ich so etwas mache? Wenn ich von ihm gestoppt worden wäre, dann wäre mein Leben nun leichter.
Dies ist ein karmischer Glaubenssatz, kommt also aus einem anderen Leben wenn man so will. Er kommt von Atlantis. Viele, die noch böse sind auf den lieben Gott, die sich messen wollen mit ihm, meist unbewußt, haben dem lieben Gott nicht vergeben können oder wollen, daß er die Möglichkeit hatte, es zu verhindern, aber es nicht getan hat, also unserem freien Willen entsprochen hat.

„Glaubt mir, die fünfte Dimension wartet auf euch , sie ist bereit, für jeden der möchte. Und diesmal wird es nicht wieder zerstört, weil ihr im freien Willen die bedingungslose Liebe gewählt habt, so wie ihr es wolltet und so wie es unser göttlicher Plan war.
So wie ihr anderen Menschen behilflich seit und unterstützt, so unterstützen Jesus und ich euch auch. So war es versprochen, so war es schon immer und so wird es immer sein. Jeder der zu mir will, der wird auch zu mir gelassen. In die Liebe, ins Sein."
So spricht der liebe Gott.

Ihr könnt dies selber nachprüfen, mit der Meditation für Fortgeschrittene oder auch wie folgt.
Wenn man nun feststellen möchte, ob man mit dem lieben Gott zusammen arbeiten möchte und kann, der mache einfach einmal folgende
Übung:
Grundmeditation wie beschrieben; dann bittet man den lieben Jesus hinzu, bittet ihn um Schutz und Führung. Dann begleitet er uns einige (21) Treppenstufen hinauf, wir gehen immer links von ihm. So kann man prüfen, ob es der Fantasie entspringt oder nicht. Wir gelangen an einen Eingang in eine mit hellem, weißen Licht erhellte Halle. Ungefähr in der Mitte dieser Halle befindet sich etwas und wir gehen darauf zu. Das ist der liebe Gott, der sieht ja für jeden anders aus, wir haben uns diese Bilder in vielen Leben angeeignet. Wir öffnen unser inneres Auge, öffnen bewußt unser Herz und können so die Liebe und Güte, die von ihm ausgeht, sehen und fühlen. Dort können wir ihn alles fragen, was uns am Herzen liegt, und dort können wir noch viele andere Dinge machen. Einige Beispiele werden wir später noch nennen.
Wir bedanken uns bei dem lieben Gott. Dann bitten wir den lieben Jesus, er möge uns wieder hinunter führen, kommen wieder ins Hier und Jetzt zurück. Wir bedanken uns auch beim lieben Jesus.
Dieses zeigte mir Jesus in einer Meditation und wir sollen es verbreiten und es nutzen, dies ist ein Geschenk an uns alle und er weiß, daß wir bereit dafür sind.
Es ist normal, daß man sich am Anfang erschöpft fühlt. Die Schwingung beim lieben Gott ist immer noch viel höher als unsere eigene , diesen Unterschied muß man

erst mal überwinden. Später geht es immer leichter, es verändert sich immer wieder, weil wir uns ja auch verändern. Dann kommt die Zeit, daß man die Treppe nicht mehr braucht, der Energieverlust nicht mehr da ist. Wie gesagt, es verändert sich in vieler Hinsicht. Probiert es aus mit der Bitte, daß nur das geschieht, was in der göttlichen Ordnung ist.
Wenn alles so oder so ähnlich fließt und ihn wirklich sehen kann, dann kann man mit dem lieben Gott zusammen arbeiten, wenn man es möchte.
Anmerkung: Wir sollen uns zwar kein Bild von ihm machen, aber wir sind ja noch Menschen und wir müssen uns erst selber so annehmen wie wir wirklich sind, erst dann können uns verändern und unser Ego und damit auch diese inneren Bilder auflösen.

Was aber, wenn ich nicht in die Halle gelange, oder den lieben Gott nicht sehen kann oder ich nicht dahin möchte? Wenn sich irgendetwas in mir dagegen wehrt? Da gibt es dann einige unterschiedliche Wege doch dahin zu kommen, wenn wir es wirklich möchten.
So haben wir dann festgestellt, daß wir oft noch unbewußt böse auf den lieben Gott sind. Wir können nun in die Meditation gehen und darum bitten, daß der Widerstand aufgelöst wird. Manchmal zeigen sich dann Bilder oder Ereignisse, die eine Ursache für die Blockade oder Verhaltensauffälligkeit sind. Dann bitten wir den lieben Jesus oder den lieben Gott um Hilfe, damit wir ihm und uns vergeben können. Hört sich etwas schizophren an, ist es auch weil ja solche Muster vom Ego kommen und das Ego schizophren ist.

Wir können nun in der Meditation auch in der Zeit zurückgehen, bis hin zu der Ursache dieses Verhaltensmusters. Meist durchzieht dieses Verhaltensmuster mehrere Leben, und diese schaut man sich dann einfach an. Mit der Hilfe vom lieben Gott können wir dann die Ursache sehen, die Verhaltensmuster durch Vergeben auflösen und so doch zum lieben Gott gehen.

Was aber, wenn ich nicht alleine dahinter komme, was es wirklich ist oder ich mir schon etwas angeschaut habe, aber ich immer noch nicht weiter zum lieben Gott komme?
Dann benötige ich eben Hilfe, wir sind ja nicht allein auf der Welt.
In einer gemeinsamen Meditation geht es meist leichter, da die Energien vervielfacht werden.
Oder man sucht sich jemanden, der schon mit dem lieben Gott zusammen arbeitet und einen dorthin begleitet, daß geht oft leichter als gedacht und das geht auch telefonisch.
In unseren Gruppen stellen wir gezielte Fragen, schließlich soll ja jeder selber lernen , mit sich umzugehen und etwas aufzulösen, entweder bei sich oder auch wiederum bei anderen. Es reicht ja nicht aus, wenn wir es sehen und gezeigt bekommen, das Gegenüber es jedoch nicht selber sehen oder fühlen kann.
Das geht dann folgendermaßen:
Was hast du dem lieben Gott nicht vergeben? Was passiert , wenn du dem lieben Gott vergibst? Was hast du dir selber nicht vergeben? Was geschieht, wenn du dir selber vergibst? Wovor hast du wirklich Angst?

Beim Ausprobieren kommen euch viele weitere Fragen in den Sinn, die in die richtige Richtung weisen, das wird so geführt von oben. Unser Unterbewußtsein hat ja alles gespeichert, Gedanken, Gefühle, Glaubenssätze und Ereignisse. Es ist schwierig so pauschal die Fragen zu stellen, ausprobieren ist alles, learning by doing, sagt Jesus immer. Vorher beten und um die göttliche Ordnung bitten, dann ist alles gut.
Manchmal versucht der Gefragte, bewußt oder unbewußt, eine bestimmte Richtung zu meiden, zu verneinen oder Ähnliches. Wir halten es dann mit dem Gedanken, wo willst du nicht hinschauen? Was den Menschen bewußt ist, das können sie auch ohne unsere Hilfe auflösen, jedoch das, was noch unbewußt ist, das nicht, und darauf lenken wir dann gezielt seine Aufmerksamkeit.
Dann gibt es noch eine Möglichkeit, man läßt sich von jemandem der mit dem lieben Gott zusammen arbeitet, die Verhaltensauffälligkeiten (Blockaden schreibe ich nicht gern, fühlt sich nicht gut an für mich.) energetisch aus dem Körper ziehen. Auch dieses geht meist telefonisch, schneller bewußt wird es jedoch am Anfang, wenn man körperlich anwesend ist. Wo diese sitzen, wie sie aussehen und wie sie lauten, das sieht dann der Behandler, oft auch fühlt man es selber in dem Moment, wenn es herausgezogen wird. Wenn diese Verhaltensauffälligkeit aus dem Körper gezogen wurde, setzt ein Prozess ein, der der Bewußtwerdung dient. Zusammenhänge werden klar. Oft geht dieser Prozess über einige Tage oder Wochen, man kann dies unterstützen durch regelmäßige Meditationen und auch durch die Einnahme von Bachblüten - kann man meist

selber auspendeln- so kann man schnell ähnliche Situationen aus vielen Leben aufarbeiten und auflösen. Selbst wenn wir uns dann doch gegen die Heilung wehren, geht das nur bedingt. Man hat ja schließlich um die Heilung gebeten und dann hilft uns der liebe Gott ja auch dabei.

Wir lassen dann Heilung einfließen, meist schon während wir etwas herausziehen. Oft in Form einer bestimmten Farbe, eines Lichts oder beidem. Auch mehrere Farben sind möglich. Manchmal lassen wir auch Liebe, Zuversicht,Vertrauen oder Ähnliches einfließen., hier ist Intuition und Führung gefragt. Wir verschließen die Aura wieder, indem wir in Gedanken mit der Hand an ihr entlang fahren mit dem Bewußtsein, sie gedanklich zu schließen. Wir bitten die geistige Welt darum, daß nur das einfließt, was in der göttlichen Ordnung ist und nur das heraus fließt, was nicht oder nicht mehr zu dem Behandelten und seiner Schwingung gehört.
Die Vergebung ist auch hier wichtig, das ist ja das, was wir von Jesus gelernt haben und was bis heute in Erinnerung geblieben ist. Er hat allen Menschen vergeben, ganz egal was sie/ wir ihm angetan haben.

Anmerkung: Man kann im Moment noch ganz einfach testen, ob jemand mit dem lieben Gott zusammenarbeitet indem wir mit ihm in der Meditation in die Halle gehen und er beschreibt, was er sieht.
Man kann auch karmische Gedanken oder Glaubensmuster aus dem Körper herausziehen. Die

Wirkung ist dann oft ähnlich wie oben beschrieben, weil dadurch etwas wieder ins Fließen kommt, was vorher stockte.
Diese Gedanken und Glaubensmuster sehen oft aus wie Bänder, Seile oder Bindfäden. Manchmal auch wie Spinnweben, die sich in einer bestimmten Region überall fest geklebt oder sogar verankert haben. Oft befinden sie sich im Kopf oder im Rückenmark, was ja logisch ist. Allerdings kommt es auch oft vor, daß sie sich davon abweichend überall im Körper finden lassen. Bei jeder energetischen Arbeit ist besondere Sorgfalt notwendig. Man wird jedoch von der geistigen Welt darauf aufmerksam gemacht. Jeder darf schließlich helfen, wenn er aus der Liebe heraus helfen will. Wenn man Glaubenssätze, Gedanken oder auch Gefühle herausgezogen hat, kann man sehr vieles hinein fließen lassen. Wenn man Angst vor Nähe herauszieht, kann man zum Beispiel Vertrauen hinein fließen lassen. So findet gleich die Umkehrung statt. Alles, was herausgezogen wird, lassen wir im goldenen oder weißen Licht vom lieben Gott auflösen. So kann sich niemand das Herausgezogene wieder herein ziehen, auch kein „ Fremder". Energie kann man nicht immer sehen, jedoch verschwindet sie nicht , sie verwandelt sich nur. Auch hier ist die Intuition und die Eingebung von der geistigen Welt gewünscht und notwendig , damit nur das geschieht, was in der göttlichen Ordnung ist. Es gibt viele unterschiedliche Muster, ihr werdet es sehen.

Das verschließen der Aura ist in diesem Zusammenhang wieder wichtig. Wir fahren in Gedanken der Aura entlang und bitten darum,

daß nur die Energie und Gedanken aus der geistigen Welt hinein können. Und nur das heraus kann, was nicht im Sinne des Göttlichen ist.

Beispiel:
Ein Mann, Unternehmer, kam zu uns. Er wußte nicht genau warum er gekommen war. Zuerst einmal entschied er sich für eine mediale Beratung, da seine Firma in finanziellen Schwierigkeiten steckte. Wir sagten ihm, daß er seine Firma so am besten verkaufen würde. Er wollte dies jedoch nicht. Wir fragten, warum ihm der Verkauf so schwerfallen würde. Er sagte, weil er sich dann als Versager vorkäme.(In der heutigen Zeit ist es kein Versagen, wenn man keinen Gewinn mehr erwirtschaftet.)
Wir fragten, woher dieser Glaubenssatz kommen würde. Er sagte, aus der Kindheit. (Ein Kind kann nicht versagen, normalerweise)
Wir machten mit ihm gemeinsam die Grundmeditation, führten ihn zurück in seine Kindheit, noch weiter zurück in ein anderes Leben. Er sah nun sich selber als ein Mann auf einem Pferd, schaute nach oben in die Fenster einer Burg und fühlte das Verlangen nach der Frau, dem Burgfräulein, die dort oben stand.
Wir fragten ihn, wobei er versagt hatte. Er sagte, er habe in einem Turnier um die Frau versagt.
Er hatte verloren und durfte dieses Burgfräulein nicht heiraten.
Wir sagten ihm , daß er später geheiratet hatte und viele Kinder bekommen hatte. Er konnte dies alles nicht sehen, sah er doch immer nur dieses Fräulein. Wir sag-

ten ihm, er solle doch mal hinschauen, wie sie aussieht und ob er sie aus dem heutigen Leben kennt.
Er sah, daß es seine heutige Frau ist.
Wir führten ihn ins Hier und Jetzt zurück. Daher die Versagensangst, da er aber die Dame nun doch bekommen hatte, zugegeben etwas später, hatte er doch gar nicht versagt. Dieser Gedanke und diese Angst wurde nun herausgezogen und aufgelöst. Er hatte erfahren, daß er gar nicht versagt hatte.
Nun konnte er sich darum bemühen, das Optimale für seine Familie und seine Firma herausfinden, da er nun nicht mehr durch die Angst beeinträchtigt war.
Beispiel:
Eine junge Frau kam zu uns, sie war sehr aufgeregt. Sie klagte, daß sie ihre Liebe zu ihrem Mann und ihren Kindern und ihr Herz nicht fühlen konnte. Wir hüllten sie zuerst in goldenes Licht, damit sie sich etwas sicherer fühlte. Ihre Aufregung nahm ab und wir zogen ihre Angst vor Veränderung schon mal aus dem Körper heraus und ließen Urvertrauen hinein fließen. Dann baten wir sie auf die Liege, Decke drüber, damit sie sich sicher und geborgen fühlte. Wenn man das Herz nicht öffnen kann, hat man Angst vor Verletzungen, in diesem Fall war sie mal durch ein Speer ins Herz getötet worden.
Anmerkung: Man muß dies nicht alles wissen, geht nach dem Gefühl, macht das was die geistige Welt euch über euer Gefühl sagt. Mit der Zeit seht ihr die Zusammenhänge immer klarer. Erst beim arbeiten lernt man wirklich sich von der geistigen Welt führen zu lassen. Es geht ganz leicht. Bitte immer vorher beten oder meditieren, dann wird alles gut.

Wir sahen ein Eisentor um ihr Herz und versuchten es zu öffnen. Es ging nicht. Dann ließen wir goldenes Licht einfließen. Weil es nicht bis ins Herz hinein fließen konnte- es war ja blockiert durch das Tor- floß es genau auf das Eisentor. Dieses schmolz und schließlich löste es sich auf. Wir ließen grünes und oranges Licht einfließen und dann verschlossen wir die Aura sorgfältig.
Sie fühlte sich nach dem Aufstehen eine ungewohnte Aktivität im Herzen, auch konnte sie nach eigenen Angaben eine Herzenswärme fühlen.
Grundsätzlich gilt, wer aus der Liebe heraus helfen möchte und vom Behandelten darum gebeten wurde, gebetet hat oder in die Meditation gegangen ist und die Anbindung an den lieben Gott hat(siehe oben) , kann nichts falsch machen. Dann würde sich die geistige Welt einschalten.

Da wir aktiv etwas bewirken ,was heute durchaus gewünscht ist vom lieben Gott (Eigenverantwortung), ist auch hier ein vorübergehender Energieverlust zu verspüren. Wenn wir regelmäßige Sitzungen geben ,bemerken wir dies sehr schnell. Mit dem Auflösen der eigenen Muster und Verhaltensauffälligkeiten, erhöhen wir unsere Schwingung und der Energieverlust ist nicht mehr so stark. Wichtig ist , daß man sich immer wieder erdet und nicht zu viele Sitzungen täglich macht, weil sonst die Qualität durch mangelnde Konzentration etwas leidet. Bei einigen der von uns Ausgebildeten haben wir festgestellt, daß sie viel energetisch arbeiten und sich selber darüber hinaus vergessen. Dann waren sie schnell ausgepowert sie wurden unzufrieden mit sich selbst. Die Liebe zur Arbeit und zu den Mitmenschen ging etwas verloren. Da aber Energiearbeit nur dann erfolgreich ist, wenn es aus der Liebe heraus geschieht, war also auch keine Energiearbeit mehr möglich.

Bitte achtet auch auf euch selbst und eure Bedürfnisse. Gönnt euch selber etwas, was euch gut tut. Liebet euren nächsten wie euch selbst, heißt das Gebot, nicht liebet den anderen mehr als euch selbst, das schlägt dann ins Gegenteil um, wie wir gerade beschrieben haben.

Oft gestellte Fragen:
Was dürfen Kinder und inwieweit darf ich sie mit in die Arbeit integrieren?
Grundsätzlich darf jeder mit dem lieben Gott und Jesus zusammenarbeiten, natürlich auch die Kinder. Einige Kinder sagen sehr schnell, was sie nicht möchten. Andere wiederum möchten es ihren Eltern recht machen und überfordern sich selber. Darum gilt bei Kindern natürlich immer besondere Aufmerksamkeit walten zu lassen. Immer wieder sollte man erneut prüfen und genau hinschauen, was und wieviel sie vertragen können. Auch die Zeit nach der Arbeit sollte genau betrachtet werden, weil sich dann, wie auch bei uns Erwachsenen, erneut viele Fragen und evtl. auch Ängste zeigen. Also immer für die Nachsorge sorgen.
Viele unserer Kinder sehen Verstorbene, bemerken Besetzungen und sind sowieso viel sensitiver als wir. Wenn wir nun hingehen, und diese Kinder nicht in un-

sere Arbeit mit einbeziehen, ihnen nicht die grundlegenden Dinge erklären wollen, fühlen sie sich unverstanden und fehl am Platze.
Meine Familie hat mich als Kind ausgelacht, verspottet und hatten Angst vor mir, weil ich Verstorbene, für sie waren es Geister, gesehen habe, die es ja laut deren Aussage nicht gibt. Ich habe daraufhin meinen Empfindungen und meinen Augen nicht getraut, sondern nur dem geglaubt, was andere mir gesagt haben. Mein Gefühl sagte mir jedoch etwas ganz anderes, aber ich versuchte, so gut es ging, mein Gefühl zu ignorieren. Mit der Zeit gelang es mir auch ganz gut. Dieses Gefühl habe ich erst viel später erneut zugelassen und dann meine Seelenaufgabe begonnen. Vielen spirituellen Menschen erging es ähnlich, der Grund besteht vor allem darin, daß wir unsere Kinder, wenn sie ihre Fähigkeiten leben möchten, schulen sollen. Durch unsere Erfahrungen wissen wir, wie es ist, nicht ernst genommen oder sogar ausgelacht zu werden. Dieses wollen wir unseren Kindern sicher ersparen.
Wir lernen, unsere Kinder als das zu sehen, was sie wirklich sind, ebenfalls geistige Wesen. Die Anleitung und das Lehren unserer Kinder, insbesondere für den Schutz- auch wenn Kinder besonders geschützt sind- ist jedoch uns überlassen, das haben sie mit uns abgesprochen. Auch dies gehört zur Erziehung in der heutigen Zeit dazu, besonders gilt dies für die neuen Kinder, die schon mit einer sehr hohen Schwingung auf die Erde kommen. Erst wenn wir ihnen alles das gelehrt haben, was wir können oder wenn sie die Anbindung an den lieben Gott haben, können wir sie in die Eigenverantwortung entlassen.

Die Kinder, die diesen Teil ihres Wesens noch nicht leben möchten, die darf man dann auch getrost ihren Weg gehen lassen, natürlich mit der „normalen“ elterlichen Unterstützung. Nimmt man den Kindern die Freude an ihrem Weg, behindert man sie. Wie gesagt, viele haben schon eine viel höhere Schwingung als wir. Immer ist jedoch bei der Arbeit an oder mit Kindern eine besondere Sorgfalt notwendig und gewünscht.

Was tun wir, wenn wir nicht weiter kommen beim herausziehen?
Zuerst versuchen wir dann, das Ego zu überlisten, indem wir zuerst göttliches Licht einfließen lassen. Da ja dann etwas ungewohnt viel im Körper ist, läßt das Ego das Loslassen schneller zu, hat es doch einen vermeintlichen Ausgleich schon bekommen.
Wie bei einem gefüllten Glas, wenn etwas mehr als randvoll hinein fließt, läuft es über. Nur dieses überlaufen des energetischen ist beabsichtigt und gezielt.
Eine andere Möglichkeit:
Wenn wir bemerken, daß jemand zum Beispiel im Herzbereich festhalten möchte- er hat ja schließlich um Heilung gebeten, darum ist es erlaubt- dann lenken wir sein Aufmerksamkeit auf eine andere Stelle des Körpers. Wir bitten ihn dann zum Beispiel, in die Lunge hineinzufühlen. Wir werden bemerken, wie sich sein festhalten, was ja unbewußt vom Ego gesteuert ist, auf die Lunge konzentriert. Das Herausziehen geht dann leicht und erst nach dem Auffüllen lenken wir dann die Aufmerksamkeit wieder auf die Herzgegend. Verwundert wird der Behandelte feststellen, wie leicht es sich dort anfühlt.

Manchmal, aber eher selten, ist dies ein Hinweis darauf, daß wir nicht mit offenem Herzen, also aus der Liebe heraus, helfen möchten.

Warum soll man etwas einfließen lassen?
Wir benötigen einen bestimmten „Füllungszustand" um uns wohl zu fühlen. Es fühlt sich so unrichtig an, wenn wir etwas loslassen, aber nichts dazu bekommen weil sich dann der Füllungszustand ändert. Wir fühlen uns unvollständig. Etwas loslassen, auch wenn es etwas ist ,was wir als negativ empfinden, ist eine Veränderung und seit Atlantis reagieren wir auf Veränderungen im besten Fall sehr vorsichtig und empfindlich, meist macht sie uns einfach Angst.(Unser Ego ist wirklich überall)

Was ist, wenn ich als Behandler nicht mehr weiter komme oder selber um Fassung ringe?
Dann ist dieses Thema ganz eng mit dem Behandler selber verknüpft, oft hast er dann auch ein gleiches Thema oder war sogar der Verursacher dieser Verhaltensauffälligkeit, Gedankens oder Glaubensmusters. Dies kommt gerade am Anfang oft vor, keine Sorge.
Dann bittet man den zu Behandelnden zu einem späteren Zeitpunkt, am besten am nächsten Tag , wieder zu kommen. Dann geht man am besten in die Meditation und schaut sich sein Thema an. Man löst es dort mit Hilfe vom lieben Gott auf, indem man es anschaut und um Vergebung für sich bittet, und dem anderen vergibt.

Energetischer Ausgleich

Spirituell arbeitende Menschen haben oft ein Problem mit dem energetischen Ausgleich in Form von Geld. Das kommt zumeist daher, daß sie in einem anderen Leben schon mal ein Mönch, eine Nonne oder anderweitig arm in der spirituellen Arbeit gewesen sind. Dann gibt es auch andere, die schon mal als große Heiler gefeiert wurden und in der unbewußten Erinnerung daran gerne viel Geld für ihre Tätigkeit nehmen. Grundsätzlich können wir in der Meditation nachfragen oder auspendeln, wieviel Geld in der jeweiligen Sitzung angebracht oder für die jeweiligen Tätigkeit genommen werden soll.

Grundsätzlich gilt jedoch, daß die ersten zwei- bis drei Behandlungen nach dem Erlernen der jeweiligen Heilungsform auch zum Üben des Behandlers genutzt werden und darum auch gleichzeitig ein Ausgleich stattfindet. Dafür werden dann auch die Menschen zu uns geführt, die die Heilung so auch annehmen können.

Ich habe einmal erlebt, daß alleine das kostenlose an der Behandlung die Heilung brachte. Die Klientin hatte immer nur gegeben und wartete unbewußt darauf, auch einmal etwas annehmen zu dürfen. So konnte in ihrem Herzen die Heilung stattfinden, weil sie erlebte, daß der liebe Jesus und damit der liebe Gott sie nicht vergessen hatte.

Ich frage grundsätzlich beim lieben Jesus nach, er weiß als einziger genau, wem ich noch etwas „schulde" oder wer mir noch etwas wiedergutmachen möchte

Wenn mir jemand das zugesagte Geld nicht zukommen läßt, obwohl es anders abgesprochen war, dann gehe ich

in die Vergebung, daß heißt ich bitte den lieben Gott um Hilfe, damit ich dem Gegenüber und mir vergeben kann. Dies geschieht jedoch nicht oft, meist wird das Geld vorher auf das Konto überwiesen.
Weil unser Ego Heilung nicht annehmen möchte weil Heilung ja bedeutet, daß es sich mehr und mehr auflöst, überlistet die geistige Welt es manchmal. Zum Beispiel indem es vorgegaukelt bekommt, daß jemand anderes *besser* oder *heiler* ist als derjenige, zu dem es gehört. Also stachelt die geistige Welt das Ego an, dasselbe zu erreichen. So ist es auch beim energetischen Ausgleich. Wenn wir für unsere Heilung nicht bezahlen, kann das Ego die Heilung oft nicht annehmen, weil es sich als Bittsteller fühlt , also kleiner als derjenige, der ihm die Heilung bringt- das Ego vergleicht ja gerne. Wenn es die Heilung annimmt, nimmt es auch die höhere Stellung des anderen an. Der Eine gibt, der andere nimmt, weil er sich als bedürftig wahrnimmt. Dagegen wehrt es sich. Das kann man umgehen, indem der Heiler sich bezahlen läßt, egal womit, es sollte nur ein Ausgleich stattfinden. Dann kann man die Heilung besser annehmen. Desweiteren leben wir im irdischen und benötigen alle Geld um Lebensmittel zu kaufen, Versicherungen zu bezahlen, Kleidung zu kaufen und vieles mehr. Wenn man nur spirituell arbeitet, benutzt man die Zeit und Energie für die Meditation, und damit auch für sogenannte ehrenamtliche Hilfe bei Unfällen, Katastrophen und Ähnlichem.

Anmerkung: Heiler ist ja eigentlich der liebe Gott, aber oft können wir Menschen die Heilung nur von einem anderen Menschen annehmen,

weil wir ja lernen sollen, wieder miteinander zu leben, und nicht gegeneinander. Und wir Menschen benötigen ja ein wenig Hilfe, also nennen wir den Hilfesteller der Einfachheit halber Heiler.

Verstorbene Seelen ins Licht begleiten

Grundsätzliches:

Wenn man stirbt, dann darf man durch den Lichtkanal ins göttliche Licht gehen, und zwar dahin, wo man es sich vorher ausgesucht hat. Dieser Lichtkanal ist jedoch nur kurze Zeit geöffnet, wenn man nicht innerhalb dieser Zeit, ca. drei Tage, durch ihn hindurch geht, schließt er sich und man benötigt Hilfe von anderen Menschen, die diesen Lichtkanal öffnen. Manche Seelen gehen sofort zum lieben Gott, andere erst in die geistige Welt und wieder andere auf andere Planeten. Je nach dem, was wir lernen wollen. Jedoch benötigen alle den Lichtkanal

Die Hölle gibt es nicht in der Erde, die gibt es manchmal auf der Erde und manchmal auf andere Planeten.

Es gibt verschiedene Gründe, warum die Seelen nicht oder noch nicht durch den Kanal gehen.

Wie wir schon erläutert haben, sind die Glaubenssätze wichtig in unserem Leben, so auch beim Sterben. Wenn man glaubt, man darf nicht in den Himmel zum lieben Gott, dann sieht man den Lichtkanal nicht und kann nicht ins Licht zum lieben Gott finden. Den Engeln die uns dann helfen und begleiten wollen, schenken wir keinen Glauben. So ist es zum Beispiel, wenn man sich selber getötet hat . Dem allgemeinen Glauben zufolge, kommt man dann nicht ins Licht sondern zum Teufel. Das dies nicht so ist , weiß ich aus eigener Erfahrung. Man mißtraut den Engeln, da man doch den Gedanken hat daß man nun in die Hölle kommt, und da will man sicher nicht hin.

Manche Seelen wissen gar nicht, daß sie gestorben sind.

Manche deshalb, weil sie plötzlich starben, bei einem Unfall zum Beispiel, oder auch während des Krieges, wo man das Bewußtsein zum Teil nur auf das Überleben ausgerichtet hatte. Andere weil sie durch Medikamente nicht in der Lage waren, dem Tod bewußt zu begegnen. Wieder andere , weil sie glauben, ihnen passiert so etwas nicht.
Es gibt auch die Variante, daß manche Seelen nicht zum lieben Gott gehen möchten, aus Angst, daß er sie bestraft. Sie hoffen, sich so auf der Erde verstecken zu können und daß der liebe Gott sie hier nicht sieht oder wenigstens nicht bestraft.
Und dann gibt es andere Seelen, die in diesem Leben etwas aus dem Ego heraus getan haben, wie zum Beispiel haben sie jemanden getötet. Das Opfer hat noch Erdhaftung und ist bei dem Täter geblieben, um ihm zu Lebenszeiten ein schlechtes Gewissen zu machen, weil es nicht vergeben konnte oder sollte. Dann bleibt auch der Täter oft noch mit dem Opfer verbunden, bis beide miteinander auskommen oder einander vergeben können.
Das ist dann die Hölle auf Erden...
Ein anderes Beispiel: Eine Frau heiratete einen Mann , um versorgt zu sein. Dieser Mann war vorher bereits mit einer Partnerin zusammen. Sie jedoch hatte sich dazwischen gedrängt, redete schlecht über die Nebenbuhlerin und er heiratete sie schließlich. Sie war noch nicht zufrieden, sie liebte ihn ja nicht und darum hatte sie Angst, daß er sie auch nicht liebte und sie mit der Nebenbuhlerin betrog. Sie verfolgte ihn mit ihrer Eifersucht. Die Frau starb, sie konnte nicht ins Licht . Der Mann kam mit der ersten Partnerin erneut zusam-

men und heiratete diese. Sie waren glücklich. Die Verstorbene jedoch mußte all dies mit ansehen, die Hochzeit und das Glück der beiden , sie brannte regelrecht in ihrer Eifersucht. Viele Jahre später konnte sie dann durch den Lichtkanal gehen, aber erst nachdem sie ihren Neid auf das Glück der Anderen aufgelöst hatte.

Um den Lichtkanal zu öffnen ist es wichtig, daß wir dies aus Liebe tun, um den Seelen zu helfen. Darum machen wir zuerst die Grundmeditation . Ein zweiter Grund für die Meditation ist , daß wir so die Emotionen der Seelen nicht in uns aufnehmen, es sei denn, es ist wichtig für diese Seele oder für uns. Es dient uns als Schutz. Als erstes bitten wir den lieben Jesus hinzu. Dann stellen wir uns eine Lichtsäule vor, etwa einen Meter von uns entfernt, die vom Erdboden bis in das Weltall hinein ragt. Wir bitten den lieben Jesus, die Seelen dort hin zu bringen, wo sie hin gehören, oder wo ihr Platz jetzt ist. Ruhig mit den eigenen Worten, aber immer offen lassen wohin sie gebracht werden sollen, das wissen wir ja nicht. Es gibt für die Seelen keine Pflicht, in diesen Lichtkanal hinein zu gehen, jedoch ist es für die Seelen meist so, wenn sie mit dem göttlichen in Berührung kommen, durch den lieben Jesus und seine Helfer, werden sie davon angezogen und gehen dann meist auch. Wenn man dann das Gefühl hat, das die Seelen, die gehen wollen, auch gegangen sind, dann löst man den Lichtkanal auf, bedankt sich bei dem lieben Jesus dafür daß man mit ihm gemeinsam dieses tun darf und man bedankt sich auch bei den Seelen für das Vertrauen.

Manchmal benötigen die Seelen noch etwas, eine wollte zum Beispiel haben, daß ihre Tochter geheilt wird, bevor sie zum lieben Gott geht. Der liebe Jesus zeigte mir dann, wie ich die Hände auflegen sollte und auch wo, wie ich die Krankheit herausziehen und Heilung einfließen lassen durfte. Erst dann ging sie beruhigt mit ihrer Tochter ins Licht.

Anmerkung: jeder der sich berufen fühlt, Seelen ins Licht zu begleiten oder ihnen die Möglichkeit geben möchte, ins Licht zu gehen, möchte bitte zum nächsten Friedhof gehen und für die Seelen ,die noch Erdhaftung haben, den Lichtkanal öffnen.

Hausentstörung

Da Jesus sehr für Effizienz ist, beschreiben wir hier eine sehr effektive Art der Hausentstörung. Eine Hausentstörung ist dann notwendig oder sinnvoll, wenn verstorbene Seelen sich in Häusern aufhalten. Sie können zum Beispiel aus der Familie sein, oder schon vorher, zu deren Lebzeiten, im Haus gewohnt haben. Auch kommen manchmal Seelen in ein Haus, weil sie sehen oder fühlen , das der Mensch, in dessen Haus sie gehen, eine Möglichkeit finden wird, sie ins Licht bringen zu lassen.

Ob der Mensch das dann selber lernt oder jemanden kennenlernt, der das macht, ist erst mal nicht von Bedeutung.

Wir setzen uns in einen Raum im Haus. Wir füllen uns mit goldenem Licht an und bitten den lieben Jesus hinzu. Dann stellen wir uns die Lichtsäule vor, die bis in den Kosmos hinein ragt.

Als nächstes bitten wir den lieben Jesus, daß er die Seelen dorthin bringt, wo der richtige Ort jetzt für sie ist. Wir sehen oder fühlen dann, wie die Seelen die Erde verlassen, ein Gefühl von loslassen stellt sich bei uns ein; Gefühle kann man nicht gut beschreiben, man wird sie ja erleben. Wenn man das Gefühl hat, die Seelen sind gegangen, dann bedankt man sich bei den Seelen dafür, daß man das tun durfte und für ihr Vertrauen. Man läßt das ganze Haus anfüllen mit goldenem Licht, dann stellt man sich eine goldene Kugel um das Haus herum vor, dabei die Erde bitte nicht vergessen, und bittet den lieben Jesus darum, daß das Haus nun versiegelt wird und nun keine neuen verstorbenen Seelen mehr hinein kommen können. Dann bedankt man sich bei dem lieben Jesus dafür, daß man dies mit ihm zusammen tun durfte. Dann kommt man ins Hier und Jetzt zurück.

Variante: Das versiegeln ist nur bei Menschen gültig, die selbst nicht die Seelen ins Licht bringen lassen können. Bei allen anderen gilt dies nur für kurze Zeit, da sind nämlich noch viele Seelen nicht im Licht und unsere Hilfestellung ist hier besonders gefragt. Jedoch kann man die Seelen auch darum bitten, zu einem späteren Zeitpunkt wieder zu kommen, wenn man mehr Zeit hat zum Beispiel, oder der Besuch weg ist.

Auch kann man die Hausentstörung in der Meditation durchführen. Man stellt sich dann die jeweilige Wohnung oder das Haus vor, man stellt sich vor wie man dort sitzt und der Ablauf ist wie oben beschrieben.

Jesus ist immer sehr für Effizienz.

Besetzungen lösen

Besetzung ist jede Art von komplexer Energieform, die nicht zu dem Menschen selber gehört. Die Aura wird durch den Mißbrauch von Drogen, Medikamente und Alkohol durchlässiger und dann können Wesen in die Aura oder in den Körper eintreten. Besetzungen sind zum Beispiel Verstorbene, die sich in der Aura oder im Körper von jemandem befinden, sogenannte Seelen, die noch nicht im Licht waren. Es gibt aber auch noch andere Besetzungen , diese sind unter anderem Wesen , die von anderen Planeten kommen , oder zum Beispiel Dämonen. Daher kommt auch das vermehrte auftreten solcher oder ähnlicher Wesen im Kino und im Fernsehen. Auch diese Wesen können sich in der Aura oder im Körper festsetzen. Sie können erhebliche Schäden im Körper oder im Geist hervorrufen. Viele Menschen , die in der Psychiatrischen Klinik sind oder in sich einer psychotherapeutischen Behandlung befinden, haben eine dieser Besetzungen, oder auch mehrere. Oftmals wird ihr Leiden durch Medikamente noch verschlimmert, da viele Medikamente zedieren, also ruhigstellen, und der Patient nun keine Möglichkeit mehr hat, sich gegen die Besetzung zu wehren.. Oft ist eine medikamentöse Behandlung notwendig, allerdings nur für kurze Zeit. Wenn die Möglichkeit noch besteht und der Körper noch nicht zu sehr in Mitleidenschaft gezogen wurde, würde eine Auflösung der Besetzung erneut ein normales Leben ermöglichen. Natürlich setzt dies vor allem die Bereitschaft zur vollständigen Heilung voraus. Und die Mithilfe, daß heißt, die Bereitschaft zur Zusammenarbeit mit dem lieben Gott.

Wir schließen auch hier wieder zum Schluß die Aura

in Gedanken mit der Hand, jetzt jedoch noch sorgfältiger und wir füllen die Aura mit goldenem oder weißem Licht an. So ist in den meisten Fällen eine Neuansteckung/Neubesetzung nicht mehr möglich.
Diese Wesen sind von uns selbst erschaffen worden, also können und sollen wir sie auch wieder auflösen. Seit Atlantis gibt es diese Wesen, das erklärt auch, warum zur Zeit so viele Filme genau diese Wesen beschreiben, denn Fantasie ist nur die Wirklichkeit, die wir erlebt haben.
Eine junge Frau kam zu mir in meine Gruppe, Jesus bat sie bei der Anmeldung, sie möchte bitte ihre Tochter (12 Jahre) mitbringen. Die Tochter hat ein sehr großes Potential, lebte es noch nicht aus, da ihre Mutter- sie ist ja schließlich noch ein Kind- es nicht fördern wollte. Die Mutter wollte die Tochter einfach nur beschützen. In der Rundenarbeit erzählte die Tochter von Dämonen , die sie in der Schule sah. Die Mutter war dahingehend schon von uns unterrichtet worden, wie man diese Dämonen mit Hilfe vom lieben Gott auflöst. Die Mutter jedoch kam nicht auf die Idee, diese Wesen aufzulösen. Sie traute es sich selber wohl nicht zu.
Jesus sagte, daß es die Aufgabe des Kindes sei, diese aufzulösen, also begleitete ich sie zu ihrer Schule, auf Astralreisen versteht sich. Nachdem wir unseren Schutz beim lieben Gott abgeholt hatten, gingen durch den Gang in der Schule. Diese Wesen waren schon gar nicht mehr so furchteinflößend wie vor dem Schutz, sagte die Kleine. Wir hatten abgesprochen, daß sie etwas sagt, wenn sie zu sehr Angst hat und daß sie jederzeit abbrechen kann, ich würde dann mit Jesus den Rest machen. Diesmal kamen diese Wesen mit dem göttlichen in

Verbindung, sie hatten beinahe Angst. Nur das noch zarte Alter meiner Schülerin und ihre Unerfahrenheit ließen sie nicht zurückschrecken. Wir baten gemeinsam um die Göttliche Hilfe und stellten uns sein göttliches Licht vor. Dann sahen wir, wie sich die Dämonen in diesem Licht auflösten, einer nach dem Anderen. Es waren viele, meine Schülerin war bald ausgepowert und bat um eine Pause. Metatron, der ihr zur Seite stand und sie stützte, zog sie an die Wand, ich stellte mich vor sie und ließ die anderen Wesen auflösen. Jesus reinigte die Schule und wir ließen eine göttliche Schutzhülle um die Schule herum errichten. Nachdem wir alles gereinigt hatten, kamen wir wieder in den Raum , also ins Hier und Jetzt , zurück.
Die junge Schülerin war sehr müde, wurde dann im irdischen in einen anderen Raum begleitet, damit sie sich auf dem Sofa ausruhen konnte.
Die Mutter staunte nicht schlecht als sie sah, wie weit ihre Tochter schon war. Sie erzählte von einem Ereignis, das sie hatte.
Eines Nachts wurde sie wachgerüttelt ,sie sah auf und sah einen Dämon an ihrem Bett rütteln. Die Mutter betete und hüllte sich und ihre Tochter in goldenes Licht, wie sie es gelernt hatte. Irgendwann verschwand der Dämon dann.
Die Frau kam gar nicht auf die Idee, diesen Dämon aufzulösen, obwohl sie damit schon gearbeitet hatte... so sind wir manchmal einfach.
Jesus zeigte mir, daß die Tochter diesen Dämon unbewußt gerufen hatte um ihre Mutter einmal wachzurütteln. Sie wollte der Mutter zeigen, was sie im geistigen schon alles kann. Dies ist ihr nur bedingt gelungen,

Gott sei Dank, ansonsten hätte die Tochter die Info erhalten und gespeichert, wenn sie der Mutter etwas mitteilen möchte, dann braucht sie nur einen Dämon zu rufen, und das ist nicht im göttlichen Sinne.
Zugelassen wurde es von der geistigen Welt, damit sich die Mutter jetzt in der Gruppe daran erinnert und so lernt, ihr Leben noch etwas mehr in die eigene Hand zu nehmen, also mehr in die Eigenverantwortung zu kommen.
Die Tochter brauchte nun ihre Fähigkeiten nicht mehr gegen ihre Mutter einzusetzen, sie setzt sie nun zur Zusammenarbeit mit dem lieben Gott ein, immer mehr und immer öfter. Auch braucht sie nicht mehr ihre unterdrückte Aggression zu spüren, daß sie ihre Seelenaufgabe noch nicht leben kann, da sie sie ja jetzt lebt.
Das ist ein Hinweis darauf, daß unsere Fähigkeiten immer noch da sind, auch wenn wir sie nicht bewußt wahrnehmen. Und wir haben alle schon oft unbewußt solche Wesen erschaffen oder zumindest gerufen. Es ist erschreckend, wenn wir anfangen es uns bewußt zu machen, aber eben auch heilsam. Die Katastrophen , Erdbeben usw. werden auch heute noch mit unseren Gedanken , selten bewußt, meist unbewußt, erschaffen und hervorgerufen. Würde der liebe Gott jetzt eingreifen und diese Katastrophen nicht zulassen, wäre das nicht nur ein Eingriff in unseren freien Willen, es würde uns auch daran hindern uns bewußt zu machen, daß wir die Verursacher sind. Und dann würde uns ewig ein Teil unseres Bewußtseins fehlen.

Aber erst, wenn es uns bewußt wird, können wir etwas an unserem Verhalten ändern. Also, achtet auf eure Gedanken und Wünsche, damit erschaffen wir oft genau das, was wir denken und wünschen.
Denkt an Atlantis, da haben wir es bewußt praktiziert, nun ist die Umkehrung angedacht, also lösen wir mit unseren Gedanken an bedingungslose Liebe und Vertrauen auch wieder viel auf.

An unsere Vergangenheit sollen / dürfen wir denken , weil wir sie benötigen um uns vieles bewußt zu machen. Sie ist ein Teil von uns, sie macht uns aus, wir sind auch unsere Vergangenheit. Nach der Bewußtwerdung folgt dann die Auflösung und wir lenken unsere Gedanken und Gefühle auf die Heilung. Wenn wir uns unserer Gedanken und Gefühle nicht bewußt sind, dann geschehen weiterhin Dinge wie eben beschrieben.
Wenn wir uns dazu entschlossen haben, bewußt mit dem lieben Gott zusammen zu arbeiten, dann geschieht es nicht mehr, daß wir solche Wesen rufen oder erschaffen. Vielmehr werden wir dann auch nachts zum lieben Gott gerufen, um auf Astralreisen anderen zu helfen, bei Katastrophen zum Beispiel, wenn jemand stirbt oder auch manchmal bei einer Geburt, um den neuen Erdenbürger zu begrüßen in der noch sehr lieblosen Welt. Das erklärt auch, warum viele Katastrophen früher in der Nacht geschehen sind.
Dieses Bild hat sich etwas gewandelt, weil viele Menschen schon hauptberuflich spirituell arbeiten und auch am Tage in der Meditation sind um – bewußt

oder unbewußt- Menschen in Not zu helfen.

Und noch ein kleines Bonbon: So können wir auch in der Nacht auf Astralreisen unser Karma auflösen, ist doch eine feine Sache.
Wir möchten nicht mit dem erhobene Zeigefinger dastehen und den Menschen einreden, sie seien böse. Nein, wir möchten nur bei der Bewußtwerdung behilflich sein. Wir haben gemeinsam etwas zerstört und vieles vergessen, nun können wir es gemeinsam wieder aufbauen und uns gemeinsam erinnern. Das ist unser Ziel.

Ein anderes Beispiel aus der Praxis um zu verdeutlichen , was alles möglich ist:
Eine Dame kam mit einem Hund zu mir. Dieser Hund war auffällig unruhig und ängstlich. Wir sahen, daß dieser Hund mehrere Besetzungen hatte, diese sahen aus wie kleine Trolle, viele waren da. Ich begann, diese aus dem Körper des Hundes herauszuziehen. Ich stellte mir eine energetische weiße Schutzhülle um uns beide herum vor, damit keines dieser Wesen ausreißen konnte; das mache ich beim arbeiten mit Besetzungen grundsätzlich immer. Ich zog viele heraus, aber es kamen immer neue. Verwundert schauten ich genauer hin und ich sah, wie der Hund immer neue dieser Wesen erschuf. Den Grund zeigte Jesus mir dann auch, er hatte sich als Welpe sehr einsam gefühlt , war gequält worden und dann erschuf er diese Wesen. Diese Wesen waren ihm Spielgefährten , auch konnten sie sich bei den Kindern, die ihn quälten, für ihn wehren. Hatte er sich gewehrt, wurde er bestraft von seinen Peinigern. Nur

wußte er nicht, wie er diese Wesen wieder los wurde; ja nicht einmal daß er sie noch hatte und nun nicht mehr benötigte. Wir fanden in seinem Kopf, genauer gesagt in seinem Gehirn , diese „Brutstätte“ und lösten sie auf. Dann zogen wir die restlichen Wesen aus dem Hund heraus, während wir goldenes und grünes Licht einfließen ließen, und ließen die Wesen im weißen Licht auflösen. Wir schauten noch einmal nach und versiegelten die Aura des Hundes, nachdem wir die Aura mit goldenem Licht aufgefüllt hatten.

Der Hund war etwas verwirrt, aber ruhiger und dann verließ er uns mit seinem Herrchen.

Da diese Wesen sehr lange bei ihm waren, seit kurz nach der Geburt, benötigt er natürlich noch besondere Aufmerksamkeit. Er fühlt sich nun erst einmal zwar befreit, aber eben auch alleine. Er benötigt nach der Heilung etwas Zeit um sich an die Veränderung zu gewöhnen.

Noch ein Beispiel, um zu zeigen, wie umfassend und auch vielfältig diese Arbeit ist. Diese Beispiele sind ausgewählte Begebenheiten, um besondere Dinge aufzuzeigen. So fällt es uns leichter, wenn uns etwas anderes begegnet, dieses dann auch anzunehmen und nicht unserer Fantasie zuzuordnen

Ein Mann kam zu uns, er war schizophren. Durch Medikamente war er sehr ruhig, bekam aber manchmal trotzdem seine Schübe. Er hatte Besetzungen, mehrere, nach einem Arbeitsunfall wobei er am Kopf schwer verletzt worden war. Durch den Schlag und die anschließenden Medikamente war seine Aura auch verletzt worden. Am ersten Tag konnten wir nur eine

Besetzung entfernen goldenes Licht einfließen lassen, die Aura versiegeln und die Besetzung auflösen. In der Nacht arbeiteten wir in der Meditation mit ihm, ließen ihn mit seiner Frau reden, weil sie so große Angst um ihn hatte und auch manchmal vor ihm. Dann zogen wir einige ihrer Ängste aus dem Körper, ließen Vertrauen und bedingungslose Liebe in beide einfließen .Wir ließen die kranke Energie aus dem Körper fließen.
Am nächsten Tag lösten wir die nächste Besetzung , dunkle Wesen von anderen Planeten, aus dem Körper, hervor kamen drei Seelen, verstorbene Verwandte von ihm, die schon im Licht waren. Diese hatten sich zwischen ihn und seine Besetzung gelegt, damit diese Wesen nicht noch mehr in seinem Körper krank machen konnten. Bei den Verstorbenen bedankten wir uns, hüllten sie in goldenes Licht und füllten sie mit Energie an. Dann brachte der liebe Jesus sie ins Licht. Wir brachten das Gehirn in seine ursprüngliche Form, wobei Jesus mir genau zeigte, was ich zu tun hatte. Die Besetzung hatte einen großen Schaden im Gehirn angerichtet, jedoch durch die Seelen nur dort.
Einige Wochen später:
Er bemerkte eine große Erleichterung und sein Gedächtnis wurde auch deutlich klarer und er konnte sich mehr Dinge merken als vorher.

Ausnahme Besetzungen:
Besetzungen dürfen auch ungefragt von dem Besetzten aufgelöst werden. Das liegt an ihrer Entstehung, sie sind ja auch ungefragt in oder auf jemanden angesetzt worden, auf Atlantis schon und auch in vielen anderen

Leben. Das Ego in Form des freien Willens wollten wir ja alle und damit haben wir die Gefühle und Glaubenssätze entwickelt. Jedoch die Besetzungen haben wir uns gegenseitig aufgezwungen und dürfen sie deshalb auch ungefragt entfernen.
Man muß nur drei Dinge beachten:
Darf **ich** sie entfernen?
Wann darf ich sie entfernen?
Welche Besetzung ist es ? Nur wenn ich sie sehen oder fühlen kann , kann ich sie auch vollständig entfernen, was sehr wichtig ist.
Wenn eine Besetzung nicht vollständig entfernt wurde, hat es für den Besetzten schlimmere Auswirkungen, als wenn die Besetzung noch vollständig da wäre.
Da alles in uns nach Vervollkommnung strebt, strebt natürlich auch die Besetzung danach.
Sie wird den Menschen dazu bringen, erneut Alkohol oder Drogen zu sich zu nehmen, damit die Aura durchlässig wird und sie wird den Menschen dazu bringen, mit Menschen zusammen zu kommen, die ebenfalls Besetzungen haben. Das ist ein Grund dafür, warum die Sucht mit normalen therapeutischen Mitteln nur schwer aufzulösen ist.

Oft gestellte Fragen zu diesem Thema:
Wie erkennt man Besetzungen?
Nun , das ist oft leicht. In den Augen können wir es am leichtesten sehen. Mindestens ein Auge ist oft stark gerötet, oft sogar alle beide. Man kann , wenn man spirituell arbeitet und viel vom eigenen Ego aufgelöst hat, kaum in dieses Auge hinein schauen, ohne sich zu gruseln.

Der andere benimmt sich plötzlich ganz anders, aggressiv und /oder ängstlich. Auch Menschen die besonders „Herzlos" sind, haben oft eine Besetzung.
Und oft auch Menschen, die besonders glasige Augen haben und die von Sex nicht genug bekommen , haben eine Besetzung. Dieses prüfen wir zunächst in der Meditation nach, da lacht uns dann auch schon dieses Wesen an, so wie es wirklich ist. Und das ist ja notwendig, um die Besetzung vollständig zu entfernen.
Anmerkung: Ich habe den lieben Jesus darum gebeten, daß er mir die Besetzungen dann zeigt, wenn ich sie entfernen und auflösen soll. Das erspart mir das Nachfragen nach dem richtigen Zeitpunkt.
Was ist, wenn ich eine Besetzung zu früh herausziehen wollte?
Wenn wir vorher um die göttliche Ordnung gebetet haben, dann werden wir feststellen, daß wir keine Besetzung herausziehen können, wenn es nicht in Ordnung ist, was uns beim arbeiten immer sicherer werden läßt und uns dabei hilft, die göttliche Hilfe zu erkennen und auf sie zu vertrauen.
Wie kann ich mich vor einer Besetzung schützen?
Indem ich mich in die Meditation begebe und um den Schutz bitte. (siehe auch Kapitel Schutz). Sorgfältiges arbeiten ist hier bei allen Übungen und Arbeiten gefragt, gilt aber natürlich beim Arbeiten mit Besetzungen besonders.
Grundsätzlich gilt natürlich, kein Alkohol und keine Drogen, in welcher Form auch immer.
Zigaretten gelten dabei nicht zu den Drogen, sind trotzdem nicht gut und oft ein Zeichen von unaufge-

löster Trauer.
Essen zählt dabei auch nicht zu den Drogen, ist oft ein Hinweis auf wenig Erdung und/oder zuwenig achtgeben auf sich selber.
Anmerkung: Ich trinke manchmal auch noch ein Bier, ein Glas Wein oder ähnliches. Zuerst frage ich den lieben Jesus vorher, ob ich trinken darf und bitte die geistige Welt darum, sie mögen mir den Alkohol aus dem Körper ziehen. Und dies tun sie dann meist auch.
Achtgeben: Man verträgt lange nicht mehr soviel Alkohol wie vorher.
Was ist, wenn die Besetzung nicht nur schwarz ist?
Dann lösen wir sie erst aus dem Menschen heraus, ziehen das dunkle aus der Besetzung heraus und lassen das dunkle sich auflösen. Dann können wir je nach Anleitung vom lieben Jesus ein göttliches Samenkorn ins Herz einpflanzen (das geht übrigens bei vielen Arbeiten auch ganz gut, bitte ausprobieren).

Anmerkung: Es gibt viele verschiedene Variationen, wir haben viele Möglichkeiten. Nun versteht man auch, warum die Anbindung an den lieben Gott gewünscht ist. Durch die Anbindung bekommen wir genau die Information und/oder den Impuls, die/den wir benötigen. Die Heilungen und Therapien, die nicht mit der Anbindung an den lieben Gott geschehen, werden zunehmend unwirksamer. Das ist nötig, damit alle wieder mit ihm zusammenarbeiten. Wenn man noch eine Verhaltensauffälligkeit hat, nicht mit dem lieben

Gott zusammen arbeiten zu wollen, und sich vor der eigenen Heilung drückt, wird man so mit der Zeit doch auf diesen Weg kommen. Das ist eine große Hilfe für uns alle.

Karmische Bänder lösen:
Es kommt häufig vor, daß ein Mensch einen anderen Menschen nicht loslassen will und ihn immer wieder zu sich auf eine untere Stufe zieht, auch wenn man um den Schutz gebeten hat. Dann ist es notwendig, die karmischen Bänder zu lösen, weil man ohne dieses nicht auf die nächste Stufe kommt. Dabei sind euch dann unsere Schüler gerne behilflich. Die Namen unserer Schüler sind auf meiner Homepage vermerkt: www.wilhelmine-peters.de Voraussetzung für das Trennen der Bänder ist es, selber Folgendes beim lieben Jesus oder beim lieben Gott nachzufragen:
Ist dies die richtige Form der Trennung für mich?
Wann sollen die karmischen Bänder durchtrennt werden?
Zu wem sollen die Karmischen Bänder durchtrennt werden und auf welcher(n) Ebene(n) sollen die Bänder durchtrennt werden?
Es gibt immer drei Bänder, das körperliche, das geistige und das seelische. Dieses durchtrennen macht selbstverständlich nur der liebe Gott, und auch nur, wenn es in der göttlichen Ordnung ist, darum ja auch das Fragen, und das Ego kann dann nicht mehr die Verantwortung auf den Heiler abwälzen, weil man ja selber gefragt hat. Das war noch zu früh, das war zu schnell oder ähnliche Bemerkungen verfehlen da jegliche Wirkung.. Noch sollte man die Bänder an aufeinander folgenden Tagen trennen, später wird es so sein, daß man mehrere Bänder gleichzeitig trennen darf. Das geht ganz bequem am Telefon. Erst wenn alle drei Bänder durchtrennt sind, dann kann man ungebunden und frei von dem Menschen seinen Weg gehen, auch wenn der an-

dere festhalten möchte. So kann man nicht mehr von ihnen in ein anderes Leben hinein gezogen werden. Diese Art der Trennung wird für viele Menschen wichtig werden, darum hat der liebe Gott mir dies gechannelt.

Dies kann man bei uns erlernen und dann weitergeben, die gechannelte Anleitung kann man bei uns erwerben gegen einen geringes Entgelt, da sonst das Ego dies nicht zu schätzen weiß und es seine Wirkung nicht voll entfaltet.

Bestellung und Homepage siehe im Anhang.

Und nun das eigentliche Bonbon dabei: Wenn man die karmischen Bänder durchtrennt hat, das macht ja der liebe Gott, dann durchlebt man beim dritten Band meist die Hochzeit mit dem Seelenpartner auf der Seelenebene.

Dabei ist es nicht wichtig, ob man schon mit ihm verheiratet ist oder nicht, ja es ist nicht einmal wichtig, ob man ihn schon kennt. Es ist ein wirklich einmaliges Erlebnis beim Lieben Gott den Seelenpartner auf der Seelenebene zu heiraten. Diese Ehe wird nicht mehr geschieden, denn was der liebe Gott zusammen fügt, soll der Mensch nicht trennen. Und dies ist die wirkliche Bedeutung dieses Satzes.

Die Paarbeziehung im neuen Bewußtsein

Das neue Zeitalter erfordert auch ein Umdenken in der Paarbeziehung. Gerade die Emanzipation der Geschlechter macht es heute möglich, daß Männer und

Frauen sozusagen auch gleichberechtigt in einer Partnerschaft leben können. Wir können im Grunde alle- Frauen wie auch Männer- alleine leben, wenn wir es nur wollen. Die Sehnsucht nach der Dualseele- oder wie von uns genannt dem wahren Seelenpartner- macht es erst möglich, daß Männer und Frauen gleichermaßen ihre Angst vor Nähe, vor Abhängigkeit und vor dem Verlassen werden auflösen können. Die Grundvoraussetzung für eine glückliche Beziehung ist der Wunsch nach der Seelenvereinigung. Erst dann fühlen wir uns vollständig und vollkommen.

Gerade wir dienenden Menschen – spirituell denkende und arbeitende ganz besonders- haben Schwierigkeiten, eine glückliche Beziehung einzugehen und unsere Beziehungsängste aufzulösen. Das kommt zum Einen dadurch, daß wir es uns zur Lebensaufgabe gemacht haben, zunächst anderen den Weg in die bedingungslose Liebe in der Partnerschaft aufzuzeigen. Das hat der Hintergrund, daß wir unsere Fähigkeiten und unser Leben in den Dienst der Anderen stellen und so auch noch einiges von unserem Ego auflösen können.

Zum Anderen haben wir oft eine völlig falsche Vorstellung von einer glücklichen Beziehung. Wir glauben an die Symbiose, nicht daran uns selber zu leben und uns immer wieder neu zu erfinden und zu uns und unseren Gefühlen zu stehen. Das mag hart klingen, aber bitte denkt einfach mal darüber nach.

Diese Vorstellung hat seinen Ursprung darin, daß wir mal eine einzige Seele waren mit unserem Seelenpartner. Dies hier ist jedoch die Erde, die Dualität, und darum gehören diese Seelen als zwei

Seelen zusammen. Die Vereinigung im Körperlichen gibt es zunächst nur bei der Sexualität, wobei eine wirkliche Verschmelzung in Körper , Geist und in der Seele nur bei Seelenpartnern möglich ist.
Durch unsere dienenden Berufe – oft im sozialen oder heilerischen Bereich - sind wir es gewohnt, für unsere Mitmenschen in bestimmter Form mit zu leben und Verantwortung für sie mit zu übernehmen, da sich viele Menschen Hilfe suchend an uns wenden. Wir leben das Du, also leben wir aus sicherer Entfernung ein Teil des Lebens der Anderen. Diese Lebensweise übernehmen wir automatisch auch in einer Partnerschaft, oft schon von Anfang an. Wir sollen jedoch wieder lernen, uns selber zu leben. Oft leben wir ein Teil des Lebens von anderen, auch von Familienmitgliedern, um nicht in die Eigenverantwortung gehen zu müssen. Das läuft meist unbewußt ab, denn wäre es uns bewußt, würden wir es ändern.
Intuitiv wissen wir, daß wir Frauen den Männern die Heilung bringen wollen und sollen, da es ja meist Frauen waren, die aktiv an der Zerstörung von Atlantis beteiligt waren. Die meisten Männer haben die Frauen nicht davon abgehalten, ja es nicht einmal versucht. Was haben Frauen und Männer alleine durch dieses Trauma gelernt? Welche Informationen und Glaubenssätze können wir dadurch erhalten haben und welche Verhaltensmuster resultieren daraus?
Männer haben die Information erhalten, das Frauen ihre Macht und ihr Wissen ausnutzen und zum Schaden aller einsetzen, daß man Frauen kontrollieren muß oder sich vor ihnen schützen sollte. Oder auch daß Frauen, wenn sie ihren Charme und ihre weiblichen

Reize einsetzen, Männer zu etwas überreden oder manipulieren wollen und können und man sich grundsätzlich gegen die Frauen wehren sollte- solange man noch kann. Eine andere Variante des Erlebens vom Untergang von Atlantis ist, daß man die Frauen unterdrücken soll und evtl. muß, um nicht in ihre Fänge und Intrigen zu geraten. Auch das Schuldgefühl vom Nichthandeln, das ja unterdrückt wurde und darum latent vorhanden ist, erklärt die in folgenden Inkarnationen gelebte Unterdrückung der Frau. Das erklärt auch die Vergewaltigungen der Frauen.

Fazit: Ein Glaubenssatz ist: Frauen muß man stoppen, sie dürfen nicht an die Macht.
Eben auch nicht in der Partnerschaft, ansonsten wartet der Mann unbewußt auf die nächste Katastrophe und zieht sich innerlich schon mal aus der Partnerschaft zurück.
Frauen haben evtl. die Information bekommen, auf Männer kann man sich nicht verlassen, sie sind nicht da wenn man sie braucht. Sie können sich nicht entscheiden und warten lieber ab, bis alles zerstört ist. Sie übernehmen keine Verantwortung, nicht für ihr Handeln- sie sind ja laut ihrem Denken überredet worden- noch für ihre Weigerung zu handeln. (Täter- Opfer).

Fazit: Der Glaubenssatz: Auf Männer kann man sich nicht verlassen .Man kann sich nur auf sich selber verlassen.
So ist man versucht, die Beziehung für den Mann mit zu leben, was natürlich nicht geht.
Durch die vielen Inkarnationen die wir in der

Zwischenzeit erlebt haben, haben wir diese Spiele vervollkommnet, uns gegenseitig soviel Schmerz zugefügt, daß wir nur sehr langsam und gerade darum sehr bewußt aus diesen Mustern herauskommen. So soll gewährleistet werden, daß wir nicht mehr dauerhaft in diese Verhaltensmuster zurück fallen, in unserem eigenen Interesse. Wir alle waren mal Männer und mal Frauen, waren mal Opfer und mal Täter. Nur langsam können die Wunden heilen, und die Männer in die Rolle gehen, die ihnen zugedacht ist und die ihnen zusteht, und die Frauen endlich ihre weibliche Rolle einnehmen, sich zurücklehnen und glücklich sein.

Vergewaltigungen sind unter anderem das Resultat vom Nichthandeln der Männer auf Atlantis, als es zerstört wurde. Durch die Schuldgefühle der Männer, die im unterdrückten Zustand einer Ohnmacht gleichkommt, versuchen die Männer unbewußt ihre Ohnmacht durch die Macht, die sie bei der Vergewaltigung scheinbar erfahren, auszugleichen. Frei nach dem Motto, zuwenig und zuviel ergibt das gesunde Mittelmaß.
Dies jedoch ist ein Trugschluß, da zuwenig und zuviel gleichermaßen vom Ego und somit nicht von der Liebe kommt.
Durch die Herabsetzung des Weiblichen bei der Vergewaltigung, die neben der Ohnmacht der Vergewaltigten auch sehr wichtig ist, erheben dann im nächsten Leben, manchmal auch schon in diesem, die Opfer das Recht auf Rache für sich insbesondere und dem Weiblichen im allgemeinen. Frauen entziehen sich dem Drang, den Männern zu vergeben, aus Angst, dann

könnte sich das Erlebnis wiederholen. Das geistige Gesetz besagt aber klar, Dinge oder Erlebnisse, vor denen wir Angst haben, zieht die Seele immer wieder und solange in unser Leben, bis diese Angst aufgelöst ist. Manche Frauen, wie auch Männer, die in einem anderen Leben als Frauen gelebt und auch vergewaltigt wurden, wenden sich aus einem Unbehagen lieber gleichgeschlechtlichen Partnerschaften zu. Insgeheim sagen sich diese Frauen, Männer nehmen sich das Recht, meinen Körper zu versklaven. So zeige ich ihnen, daß ich da nicht mitmache. Bei gleichgeschlechtlichen Partnerschaften unter Männern ist es ähnlich. Sie sagen sich, ich lasse mich in diesem Leben nicht von den Frauen becircen und/oder manipulieren. Das habe ich in anderen Leben getan, diesmal nicht.

Anmerkung: Meist ist dies so, nicht immer. Wir reden nicht gegen eine gleichgeschlechtliche Beziehung, wir hinterfragen alles, möchten einige Hintergründe aufzeigen und lassen auch kein Tabuthema aus.

Die männliche Rolle

Männer sind die Eroberer, erst wenn sie das Gefühl haben, eine Frau erobert zu haben, können sie die Führung übernehmen. Wenn der Mann die Frau nicht zu erobern brauchte, hat er unterschwellig das Gefühl, das er manipuliert wurde und evtl. noch wird, seinen freien Willen nicht ausüben konnte, da er um seine Schwäche, die weiblichen Reize betreffend, weiß. Er fühlt sich schwach, nicht geliebt, nicht geachtet und nicht respektiert in seiner Männlichkeit. Die Folgen sind dann Unsicherheit, Mißtrauen und manchmal auch Gewalt, körperliche und/oder auch seelische. Manchmal werden Männer dann auch zu sogenannten Pantoffelhelden, die immer nur das tun und sagen, was die Frau von ihnen erwartet, oder vielmehr von dem sie glauben, daß die Frau es von ihnen erwartet.
Wenn der Mann jedoch seine Frau immer wieder aufs neue erobert, ihr Wünsche erfüllt und ihr so im weitesten Sinne dient, fühlt sich der Mann natürlich immer wieder als Held, der er ja dann auch ist. Die Frau fühlt sich sicher und geborgen bei ihrem Helden und kann immer zu ihm aufsehen, ihn immer respektieren. Dies wünscht sich eine Frau von ihrem Mann.

Die weibliche Rolle

Frauen müssen auf Dauer das Vertrauen in die Männer wieder lernen. Das heißt zunächst einmal, sie müssen sich erobern lassen. Denn erst dann wissen sie, daß man sich auf die Männer verlassen kann, daß die Männer wissen was sie wollen und auch handeln. Dafür müssen wir ihnen etwas mehr Zeit geben als auf Atlantis-Geduld lernen. Wir Frauen leben zur Zeit mehr die männliche, also aktive Rolle. Dies führt nicht zur glücklichen Seelenbeziehung. Wir Frauen werden mehr die passive Rolle leben, denn erst diese Rolle bringt uns dauerhaft das Glück in die Paarbeziehung und damit die Heilung des Traumas von Atlantis. Mit dieser Rolle tun wir uns noch sehr schwer, aber bedenkt bitte, die aktive Rolle hat uns nur in Schwierigkeiten gebracht und uns unglücklich gemacht, nun dürfen wir das Glück wieder finden und erleben. Wenn wir uns erobern lassen, heilt in uns das Mißtrauen zu Vertrauen, die Schuldgefühle zu Selbstliebe und erst dadurch können wir die Liebe zum Partner wieder leben, da wir den Partner erst dann lieben können, wenn wir uns selber lieben. Durch das Erobert werden lernen wir den Respekt und das Vertrauen dem Partner gegenüber, wir können endlich wieder aufschauen zu ihm und uns wieder anlehnen lernen. Erobert werden bedeutet aber nicht, das Eigentum von jemandem zu werden, das wäre ja Sklaverei. Vielmehr bedingt daraus unsere Eigenverantwortung, nur das Zuzulassen, was uns selber guttut, also auch dem Anderen Grenzen zu setzen.

Der Mann fühlt sich in seiner Männlichkeit erst dann geachtet, wenn er dem weiblichen dient. Das bedeutet, daß er es ist, der die Frau begehrt und dies zeigt. Er schützt die Familie, früher im Kampf um Nahrung, dann im Kampf gegen Angreifer und heute im „Kampf" um Anerkennung seiner Männlichkeit von der Frau. Er hilft sozusagen da aus, wo die Frau nicht weiter kommt, also an ihre Grenzen stößt, oder einfach Frau sein möchte. Und zum Frau sein gehört ein männlicher Mann, zum Mann sein gehört eine weibliche Frau. Erst im Gegensatz vereinen wir uns wirklich.

Die Hindernisse auflösen

Dieses Kapitel widmen wir allen, die bereit sind, die bedingungslose Liebe zu leben. Der Wille alleine entscheidet über Erfolg und Mißerfolg, über bedingungslose Liebe oder Egopartnerschaft.
Zunächst einmal klären wir die Grundbegriffe, so können sie sich festigen und durch die Erkenntnisse und die Bewußtwerdung – was wir alles schon mal gelebt haben- auch heilen.

Bedingungslose Liebe

Oft falsch verstanden ist der Begriff: Bedingungslose Liebe, darum eine Einführung vom lieben Jesus. Bedingungslos bedeutet soviel wie: egal was daraus wird, und egal was ich dafür bekomme und auch egal was ich dafür aufgebe, eben ohne Bedingung.
Nur in der bedingungslosen Liebe werden Grenzen gesetzt, ohne jemanden zu kontrollieren oder zu manipulieren. Das bedeutet nämlich, daß in den freien Willen des anderen nicht eingegriffen wird.
Es bedeutet nicht, ohne Grenzen zu setzen, dann würde es grenzenlose Liebe heißen, und das bedeutet dann ohne eine eigene, selbständige Seele zu sein. Eben grenzenlos mit der Seele des anderen zu verschmelzen. Das hat dann zur Folge, das man sich selber nicht mehr fühlen kann, sich selber nicht mehr lebt und sich auch selber nicht mehr liebt. Und wenn man sich nicht selber liebt, kann man auch den anderen nicht mehr lieben. Ein weiterer Aspekt ist, das man auch sein Gegenüber nicht mehr sieht, nicht mehr achtet und sich kritiklos anpaßt. Und mal ehrlich, wer mag schon wirklich angepaßte Menschen, ohne eigene Meinung und ohne eigene Persönlichkeit.(Bitte nicht verwechseln mit Ego)
Anmerkung: Grenzen setzen bedeutet, sich selber zu schützen und für sich selber zu sorgen. Verantwortung für sich selber zu übernehmen. Somit wird der Andere indirekt auch davor bewahrt, unbewußt zum Täter zu werden. Nicht der Eine beschützt den Anderen, sondern durch das Grenzen setzen kann der Partner seine Macht nicht mißbrauchen.

Weil ich ihn/sie liebe, darum setze ich ihm / ihr Grenzen.

Egopartnerschaft

Egopartnerschaften sind Partnerschaften, wo jeder - oder nur einer der beiden -seine Ängste und Verhaltensmuster behalten darf. Oder wo jeder- oder nur einer- sich das Recht herausnimmt, den anderen verändern zu wollen. Wenn der andere das dann zuläßt- aus zuwenig Selbstwertgefühl und zuwenig Selbstliebe ist eine Abhängigkeit gegeben. Abhängigkeit kommt ja bekanntlich vom Ego. Immer haben jedoch beide einen vermeintlichen , wenigstens kurzfristigen Gewinn davon.

Es gibt viele dieser Egoverträge, oft sind sie sehr versteckt. Am häufigsten sind uns bei älteren Menschen folgende Verträge begegnet: Der Mann versorgt die Frau finanziell, dafür beugt sie sich seinem Willen. Von Liebe ist da nicht immer etwas zu spüren, schon gar nicht von der bedingungslosen Liebe. Oft haben sich beide damit arrangiert und das beste daraus gemacht. Oder auch, der Mann versorgt die Frau finanziell, und die Frau kümmert sich dafür um alles andere, der Mann geht also arbeiten und hat ansonsten seine Ruhe, und die Frau kümmert sich um alle Verträge, um die Erziehung der Kinder und um Ärgernisse, die aufkommen, braucht sich jedoch nicht um die Finanzen zu kümmern.

Bei vielen jungen Menschen gelten oft folgende Verträge: Frauen haben die Führung und die Männer handeln so wie die Frauen es möchten. Das hat den Vorteil, daß keiner der beiden sich mit wirklicher Nähe auseinandersetzen muß. Der Mann ist böse auf die Frau, weil sie ihn nicht achtet. Die Frau ist böse auf den Mann, weil er nicht die Führung übernimmt, sie sich

nicht an ihn anlehnen kann und sie das Gefühl hat, auf ihr lastet die ganze Verantwortung. So sind beide böse aufeinander und sie sind sich nicht gefühlsmäßig nahe.
Eine andere Egopartnerschaft , die oft von beiden Partnern gelebt wird, ist : Du liebst mich, weil ich mich nicht selber lieben kann, und ich liebe dich, weil du dich auch nicht selber lieben kannst. So brauche ich mich nicht selber so zu sehen wie ich bin- mit meinen Ängsten und meinen" Fehlern". Und ich kann im Notfall- da ich mich nicht selber sehe und erkenne- dir meine Fehler zuschreiben. Für den anderen gilt dann jedoch das Gleiche.
Das Problem ist dann jedoch: wenn man sich nicht selber liebt, kann man auch den Partner nicht lieben.
Und was ist nun, wenn etwas im Außen geschieht, das einer der beiden seinen Vertrag nicht länger erfüllen kann?
Und dies geschieht zur Zeit eben ganz oft, da die Schwingungserhöhung uns dabei behilflich ist, unser Ego leichter erkennen und auflösen zu können.

Die Hilfe zur Bewußtwerdung

Solange beide Parteien mit diesen Egoverträgen glücklich oder wenigstens zufrieden sind, ist daran grundsätzlich nichts auszusetzen. Da wir alle jedoch nach der vollkommenen Liebe, nach der Verschmelzung auf der Seelenebene mit dem Seelenpartner der Dualseele streben, sind wir in diesen Beziehungen nicht dauerhaft glücklich. Die Seele hilft uns mit der Sehnsucht die vom Ego kommt, den Weg aus solchen Partnerschaften zu finden.

Wenn wir dann immer noch nicht bereit sind, auch partnerschaftlich den Weg der Seele zu gehen, wird es von der geistigen Welt so geführt, daß eine Seite den Vertrag nicht mehr einhalten kann. Arbeitslosigkeit, Krankheit, Unfall, Tod oder auch die Begegnung mit dem Seelenpartner sind dann oft der Auslöser des Umdenkens. Oft kann man erst mit solcher Hilfe den alten, nicht mehr glücklichen Weg verlassen und eine neue Richtung gehen. Diese neue Richtung ist dann von Beginn an mit Zweifeln gespickt. Wir haben ja dann erfahren, daß wir schon mal den vermeintlich leichteren Weg gegangen sind und nicht glücklich wurden. Darum vertrauen wir uns nicht mehr. Manche Menschen verlieren dann auch kurzzeitig den Glauben daran, das alles wieder gut wird. Bei anderen Menschen löst es eine Angst aus, da alte Strukturen, die sie in vielen Leben begleitet haben, zum scheinbar ersten Male nicht mehr funktionieren. Jesus gibt mir immer den Vergleich: `Das fühlt sich dann so an, als wenn du im Dunkeln über einem Abgrund hängst und dich nur an einem Strauch fest hältst. Dieser Strauch jedoch verliert nach und nach ebenfalls seinen Halt. Du siehst das voller Angst. Ein Helfer, der zufällig vorbei kommt und deinen Kampf sieht, gibt dir in seiner – dir erst mal fremden Art- Anweisung und Hilfestellung. Er reicht dir eine sichere Hand, die du jedoch immer nur kurz erahnen kannst, weil es ja dunkel ist. Der Übergang und das Überlegen, soll du wirklich den Versuch wagen, diese Hand zu ergreifen und damit den Strauch loslassen, den du ja fest in deiner Hand hältst, ist das bewußt werden deiner eigenen Unzulänglichkeit und Bedürftigkeit.

Der Strauch ist der sichere Absturz, die Hand jedoch ist die Rettung. Dies kannst du jedoch nur im Gefühl sicher wissen, da lernen wir immer mehr hinzu „hören“

Die Beziehung

Eine dauerhaft glückliche Beziehung ist meist nur dann möglich, wenn der Mann die Führung übernimmt und er – damit er nicht in die negative Machtstellung rutscht- dem Weiblichen dient. Damit verdient sich der Mann den dauerhaften Respekt seiner Frau, sie kann zu ihm aufsehen und fühlt sich von ihm geliebt. Endlich muß sie nicht mehr die Führung übernehmen, nicht mehr kontrollieren und darf sich sicher, geborgen und geliebt fühlen. Dies ist nur dann für die Frau möglich, wenn sie dem Partner vertrauen kann.

Wenn jedoch auch nur einer der Beiden die Bereitschaft zeigt, die göttliche Ordnung in der Paarbeziehung zu leben und die Hintergründe und Mißverständnisse zu verstehen, löst das manchmal auch beim Partner eine Veränderung hervor. Auf alle Fälle löst man alte Verhaltensmuster auf, die in der heutigen Schwingung und der jetzigen Situation fehl am Platz sind. Jedoch sollte die Motivation die sein, sich selber zu verändern. Nicht den Partner verändern zu wollen!

Ohne die alten Verhaltensmuster zu erkennen und die Ängste aufzulösen, fallen wir immer wieder unbewußt in dieselben hinein.

Es erscheint uns leicht, einfach die Verantwortung für die Beziehung alleine zu übernehmen. Wir haben ja in der Evolution immer schon die Verantwortung für unsere Kinder, mehr oder weniger, übernommen. Jedoch ist dies beim Partner nicht mehr nötig und darum nicht im göttlichen Sinne. Oft stellt sich ja der scheinbar leichte oder bequeme Weg später als der schwere und sogar unglückliche Weg heraus. Wenn nur einer die Verantwortung für die Beziehung übernimmt, gehört

der Partner nicht mehr in die Paarbeziehung, vielmehr rutscht er in die Rolle des Kindes hinein. Derjenige, der die Verantwortung übernimmt, wird so dem anderen überlegen, da ihn die Verantwortung stärkt. Der andere Partner wird zum Kind degradiert, da er ja keine Verantwortung übernehmen braucht, kann, darf.
Oft sind es die Frauen, die die Verantwortung übernehmen. Damit degradieren sie die Männer zu Kindern. Erst spät bemerken wir Frauen dann, daß wir einen Sohn haben und keinen Partner. Die ganze Last der Verantwortung lastet dann auf uns alleine. Wir beschweren uns dann genau darüber, ohne zu bemerken, daß wir dies zum Teil selber initiiert haben.
Hinter diesem Verhaltensmuster steckt oft die mitgebrachte Angst und die Glaubenssätze aus früheren Leben; und aus Atlantis. Diese wurden erneut von unseren Eltern in dieses Leben integriert, damit wir sie uns nun bewußt machen und auflösen können.
Beispiele:
Männer schlagen, vergewaltigen, töten,; Männer sind brutal und gewalttätig; Männer haben kein Gefühl ; Männer unterdrücken Frauen; Männer werden zu Tyrannen wenn sie Macht bekommen; und auch auf Männer kann man sich nicht verlassen.
Manchmal entwickelt sich daraus eine Abwehrhaltung, die natürlich immer nur bis zu einem bestimmten Zeitpunkt, bis das Karma aufgelöst ist, funktioniert. Diese Abwehrhaltung geht dann mit folgenden Verhaltensmuster einher: Männer sind die Stärkeren, ich ergebe mich schon vor dem Kampf; Männer haben die Herrschaft, aber nicht über mich; ich verletze die Männer so, wie sie mich verletzt haben; ich zeige den

Männern, was sie nie besitzen können.
Davon gibt es noch mehr, schaut doch einfach mal in euer Innerstes und macht euch einen Spaß daraus, sie zu „entdecken."
Aus solchen Denkmuster, auch wenn sie unbewußt sind, kommen dann die Verhaltensmuster, die Taten. Dies sind dann Angriffe auf das männliche Geschlecht. Da die Seele jedoch immer nach einem Ausgleich strebt, bekommen wir dann genau das zurück, was wir ausgesät haben. Also auf einen Angriff auf das Männliche, folgt dann der Angriff auf das Weibliche. Unsere alten Glaubenssätze bekommen vermeintlich wieder neue Bestätigung und vertiefen sich. So ging es in vielen Inkarnationen, aber jetzt ist Schluß damit, den berühmten „Schwarzen Peter" immer Hin und Her zu schieben. Jetzt dürfen wir es endlich auflösen, und dafür brauchen wir nur etwas Zeit für die Innenschau-Meditation- und die Reflexion. Wer an sich die Eigenschaft entdeckt hat, immer wieder erfolgreich wegschauen zu können, nicht an die wirkliche Ursache heranzukommen, kann sich Hilfe holen von Geistheilern, medialen Beratern oder auch oft von Freunden und Bekannten. Diese sollten jedoch keine Angst haben die Wahrheit auszusprechen, denn nur die Wahrheit macht frei und bringt somit auch die Heilung.
Die häufigsten Störungen der Harmonie in der Partnerschaft sind Kontrolle und Manipulation. Zu der Manipulation zählen vor allen Dingen Krankheit und Opferhaltung. Alles im Leben hat immer zwei Seiten. Gerade diese beiden Dinge sind besonders schwer zu entlarven und darum eine besonders schlimme Art der

Manipulation. Viele Menschen werden lieber krank als sich zu verändern, als das Ego bei sich aufzulösen. Auch schwerkranke Menschen gehören dazu. Einige meiner Klienten haben selber bei sich festgestellt, als sie den lieben Gott um die Heilung bitten sollten, daß sie es nicht konnten. Ein paar von ihnen konnten sich nach langem Zögern dazu durchringen, um die Heilung innerhalb der nächsten 6 Monate zu bitten. So stellten die meisten fest, daß sie gar keine Heilung wollten.
Opferhaltung ist alles, wo man die Eigenverantwortung abgegeben hat. Oft scheint dann der Partner als der böse, da er seine Macht scheinbar mißbraucht. Manchmal ist jedoch gerade dies für den Partner der Weg, den anderen Partner dazu zu bringen, Grenzen zu setzen und damit aus der Opferhaltung herauszukommen.
Wie gesagt, das läuft meist unbewußt ab.

Männer haben da oft folgende Glaubenssätze mitgebracht: Mann kann Frau nichts recht machen, sie ist immer unzufrieden. Das kommt daher, weil die meisten Frauen in vielen Leben eine Egopartnerschaft gelebt haben und den Männer die Schuld zugewiesen haben, daß sie nicht Mr. Right , also die Seelenpartner, waren. Oft resignieren sie daher schon im Vorfeld, die Erfahrung hat ihnen ja gezeigt, daß Anstrengung nichts bringt.
Hiermit bitten wir die Männer, wieder aktiv zu werden, damit die Welt – und so auch die Erde – heilen kann. Erst eine Partnerschaft verwurzelt den Mann im Leben und damit im hier und jetzt. Wenn ihr aktiv werdet, dann wird Atlantis wieder neu entstehen, diesmal dauerhaft. Die Entscheidung für die Liebe und damit

für das Leben wird euch keiner abnehmen, freier Wille. Dies ist jedoch genau in euerem Sinne.
Die Diskussion um Maria Magdalena und Jesus drückt nur den innigen Wunsch der spirituellen Menschen aus, endlich mit dem Seelenpartner glücklich zu werden. Frei nach dem Motto: Wenn Jesus mit einer Frau glücklich war, dann dürfen wir dies sicher auch. Wir dürfen die Frauen endlich wieder vorbehaltlos lieben.

Wenn sich das Ego von der Seele trennt

Durch das Aufarbeiten und selbständige Erkennen der „Schuld“ aus anderen Leben, erkennen wir in einer unumstößlichen Art und Weise die Gleichheit mit allen anderen Menschen. Alle haben die gleichen Erfahrungen gesammelt, gleiche Taten vollbracht und ähnlich viel Leid über sich und andere gebracht. Sich die anderen Leben anzusehen und sich und anderen zu vergeben ist aus diesem Grunde so heilsam , kann sich doch das Ego nicht mehr heimlich- unbewusst- vor dem Bewusstwerden drücken, denn nur was das Ego selber sieht und fühlt, hält es für die Wahrheit. Und nur dann akzeptiert es, meist nach einem inneren Kampf, das auch man selber nicht besser oder schlechter ist als alle anderen. Meist gaukelt es uns nämlich etwas ganz anderes vor. Äußerlich, also bewusst, sagen viele, wir beurteilen nicht, aber innerlich, unbewusst, fühlen wir- also unser Ego – alleine dadurch wieder „besser“ als die anderen.

Alles, was wir erlebt, gefühlt und selber gesehen haben ist echtes Wissen. Alles andere akzeptiert unser Ego nicht.

Wir erkennen und vergeben uns selber und lernen so, das Ego von der Seele zu unterscheiden, denn unser Ego unterscheidet ja gerne und dies lässt es dann auch zu.

Durch das Erkennen unseres Selbst- unserer Seele- erkennen wir gleichzeitig, das wir uns so viele Leben nur vom Ego haben leiten und führen lassen- was ja auch für eine lange Zeit seine Berechtigung hatte. Da wir uns aber nun für das neue Bewusstsein und damit für die bedingungslose Liebe entschieden haben, ist diese

Zeit nun endgültig vorbei und wir möchten uns nun von unserer Seele führen lassen. Das bedingt natürlich einen Wechsel in der Führung; das Ego kann jedoch nur dann aufgeben, wenn es dazu gezwungen wird und ein innerer Kampf entsteht. Wut, Trauer und Hoffnungslosigkeit steigen in uns auf denn das Ego kämpft gegen die Seele und mobilisiert seine ganze Kraft und Gewalt. Sobald die Seele die Führung übernommen hat, kann unser Leben nämlich schön werden und wir lernen, vermeintliche Rückschläge als Hilfe vom lieben Gott anzunehmen und wir fühlen wieder die Liebe in unserem Leben. Dann jedoch ist die Auflösung des Egos nur noch eine Frage der Zeit, also beschlossene Sache.
Wie nun kann man diesem inneren Kampf begegnen? Am einfachsten, wenn es schon geht, indem man das Ego und den inneren Kampf liebevoll annimmt als das, was es wirklich ist. Eine Prüfung, die wir uns selber gestellt haben um ab jetzt zu wissen, das wir uns bewusst für die Seelenführung entschieden haben.
Ich habe den lieben Jesus gefragt, wie ich denn nun sicherstellen kann, das meine Seele den „Kampf" gewinnt und nicht mein Ego?
Er antwortete: „Allein dein Wille entscheidet darüber. Wenn du etwas Unterstützung möchtest/ brauchst, dann bete einfach. Dann erst dürfen wir dir helfen und dein innerer Kampf wird nicht so lange anhalten. Und bedenke, je bewusster du dich für die Seelenführung entscheidest, umso leichter fällt es dir die bedingungslose Liebe anzunehmen und weiterzugeben.
Die Liebe kämpft nicht, sie nimmt alle Gefühle liebevoll an, so wie mein Vater das auch macht. Je größer die

Wut, umso größer ist die mögliche Heilung."
Ich habe gebetet! Den ganzen Tag, die ganze Nacht- sofern ich nicht schlafen konnte- und auch den ganzen nächsten Tag. Erst dann beruhigte sich mein inneres und ich fiel erschöpft in einen tiefen, traumlosen Schlaf.
Viele Monate später habe ich dann meinen freien Willen in der Meditation beim lieben Gott abgegeben. Er fragte, ob ich mir sicher wäre, den freien Willen abgeben zu wollen. Nach meinem „Ja" löste er ihn vor meinen Augen auf. So erhielt mein Unterbewusstsein die Information, das er nicht mehr existiert. Ich hatte ihn gelebt, ausgelebt und erkannt, das er mich sehr bei meiner Seelenaufgabe behinderte. Seitdem betrachte ich alles, was geschieht, als Zeichen seiner Liebe und seiner Führung, auch wenn dies bedeutet, nach einem Seminar noch in der Nacht nach Hause zu fahren, da ich verinnerlicht habe, das es das Bestmögliche für alle Beteiligten darstellt und immer seinen Grund hat.
Anfangs geschah es noch, das ich im privaten Bereich in alte Muster abzurutschen drohte, jedoch erinnerte mich der liebe Jesus immer sofort daran, das dies nicht mehr gewünscht ist, auch von mir. Wünsche darf ich immer noch äußern, jedoch sind es meist nur Kleinigkeiten die mir einfallen und dann auch oft bewilligt werden. Meist sogar so zeitnah, das ich oft lächeln muss. Mein Leben verläuft ruhiger, weil sich die Seele nicht angegriffen fühlt und sie ja die Führung übernommen hat.

Das neue Bewusstsein

Wenn wir uns einige unserer Leben angeschaut haben, vielen Menschen und uns selber wirklich vergeben ha-

ben, dann sehen wir uns selber so wie wir sind, haben ein anderes Bewusstsein und wachsen schon in das nächste Bewußtsein hinein. Und mit dem neuen Bewusstsein erkennen wir, daß die Leben gar nicht wirklich linear ablaufen, sondern zeitgleich mit dem heutigen. Wie in einem Parallel Universum, nur getrennt durch eine andere Schwingung und ein anderes Bewußtsein. Ein sehr feines, engmaschiges Netz, daß wie eine Spirale gedreht ist und die stetig auf eine andere Bewußtseinsebene führt. Dann erkennt man auch die feinen Verknüpfungen, die sich wie ein sehr feines Netz zwischen diesen Parallelleben befinden.
Durch dieses Netz können wir in ein anderes Leben eintauchen, ohne uns dessen bewußt zu sein, wobei es im neuen Bewußtsein darum geht, dieses Netz zu erkennen und unser Verhalten aus diesen Parallel leben aufzulösen und damit nicht mehr auf die niedrigere Schwingung in andere Leben/Verhaltensmuster abzurutschen. Diese Verknüpfungen sind die gleichen Glaubenssätze,Verhaltensmuster und auch die parallelen Gedanken und Gefühle. Im neuen Bewußtsein geht dies dann viel leichter , meine Seelenschwester Sandra sagt dann immer: Ich habe mich aus dem anderen Leben heraus geholt in dieses Leben. Dieses ist jedoch zur Zeit erst dann möglich, wenn wir viele unserer Parallel leben erkannt haben, viele Glaubenssätze aufgelöst haben, damit der Geist frei in dieses neue Bewußtsein hinein schwingen kann und darf, wir erinnern uns: der freie Wille.
Aufgehängt scheint dieses Netz im Universum, und um alles herum und in allem darin befindet sich der liebe Gott. Er ist unser Universum, unser Spiel und unsere

Aufhängung. Wir sind in ihm und er ist in uns und um uns herum.
So verstehen wir auch, da ja alles gleichzeitig geschieht, in wie weit diese Erfahrungen aus den anderen Bewußtseinsstufen unser heutiges Verhalten beeinträchtigt und wie wichtig die Auflösung dieser Erfahrungen sind. Die sogenannten Prüfungen sind nur die Fragen nach dem: in welches Leben möchtest du gerade hineingehen mit dem heutigen Bewußtsein, möchtest du dir noch mal etwas aus diesen parallelen Leben leben, oder etwas neues, schönes für dieses Leben aussuchen. Möchtest du den Weg ins Glück , zur Erleuchtung, oder einen Anderen?
Erst durch das Auflösen und die Weichenstellung unsererseits entscheiden wir uns für den Weg in das neue Bewußtsein und kommen in den Genuß des neuen Bewußtseins. So gehen wir immer klarer diesen Weg, diesen anderen Weg , ohne das Netz zu den anderen niedriger schwingenden Leben zu benutzen. Das bedeutet ganz konkret, daß wir keine Wiederholungen mehr benötigen, daß wir diesen neuen Weg bzw. dieses neue Bewußtsein leben , die Dinge machen, die zu uns gehören und später uns selber immer wieder neu erfinden, als seien wir unser eigenes Spiel und unser eigener Spieler zugleich. Am Anfang ist es noch nicht immer da, dieses neue Bewußtsein, es müssen sich ja auch der Körper und der Geist auf diese Schwingung einschwingen. Wir kommen dann aber immer öfter und immer leichter in dieses Bewußtsein hinein, bleiben immer länger darin, bis wir irgendwann beständig darin bleiben. Aufgelöst ist dann ein Großteil unseres Egos ,das uns die Sicht vernebelt und uns Schmerz zufügt,

aufgehoben auch die Illusion vom Sterben , vom Getrennten sowieso. Wir sind dann eins, miteinander verbunden und mit dem lieben Gott verbunden im Einssein. Dann dürfen wir Selbstbewußt – unseres Selbst vollkommen bewußt- sagen, wir sind ein wahrhaftes, göttliches Wesen. Aber erst dann!
Das man noch ein Ego hat kann man testen, indem wir uns in der Meditation zum Tor führen lassen, auch dieses Tor sieht für alle anders aus. Dieses Tor ist der Übergang zu unserem Atlantis, zur bedingungslosen Liebe. Man kann es nur betreten, wenn man sein Ego vor dem Tor ablegt. Aber dann können wir hinein in den Garten Eden, in die vollkommene Verzückung, in die vollkommene Liebe und Freude, wenn man das schon erträgt.

Früher war es immer erwünscht, daß ich mir von anderen, meist von meiner Seelenschwester helfen lasse. So habe ich gelernt, Hilfe anzunehmen, sie konnte mir einen Energieausgleich geben. Die Schwingungserhöhung bringt immer tiefer liegende Verhaltensmuster zum Bewußtsein.
Zur Zeit lerne ich vom lieben Jesus, wie ich mich selber heilen kann, wenn es im göttlichen Sinne ist. Dabei lerne ich nicht nur, meine veralteten Denkmuster herauszulösen und aufzulösen, sondern auch die Heilung selber genau zu dosieren. Bei anderen Menschen übernimmt der liebe Jesus noch die Dosierung, bei mir nun darf ich lernen, selbstständig zu dosieren. Später werde ich dann lernen, auch die Dosierung bei den mir anvertrauten Menschen zu übernehmen. Ein Beispiel für die immer stärker werdende Eigenverantwortung.
Mit jeder bewußten Entscheidung und mit dem über-

nehmen jeder daraus resultierenden Konsequenz erhöhen wir unsere Schwingung. Andere Menschen können uns Wege aufzeigen und uns Hilfestellungen geben, gehen müssen wir den Weg jedoch selber. Am Beginn unseres Weges benötigten wir immer wieder mal eine begleitende Hand, nun werden wir zu dem, was wir fühlen und was unsere Aufgabe ist. Wir leben unsere Seelenaufgabe und werden zu unserer Seele im körperlichen.

Sterben wird für uns dann so sein, sagt der liebe Jesus-der liebe Gott: Wir beschließen, unseren Körper zu verlassen und woanders hinzugehen, vielleicht in die geistige Welt, vielleicht auf andere Planeten, vielleicht zum lieben Gott, oder in das Atlantis vor dem Ego.
So hat er uns das Sterben auch gezeigt, er löste sich von seinem Körper und sein Körper starb. Seine Seele ging ganz bewußt zu seinem Platz, an die Seite vom lieben Gott und gleichzeitig an unsere Seite im geistigen, um uns von dort aus behilflich zu sein und uns zu führen.
Er war damals schon ganz bewußt, Kunststück, er ist der Sohn vom lieben Gott.....

Und so werden wir dann auch selber den Tod unseres Körpers beschließen und erleben

Schlußwort: Mit diesem neuen Bewußtsein hört jedoch der Kreislauf nicht auf, sagt der liebe Jesus. Dann kommen noch viele andere Dinge, Bewußtes auf uns zu. Was das ist, das verrät er mir jedoch noch nicht. Ich meinerseits freue mich jedoch sehr auf meine- unsere „Zukunft", in einem noch anderen Bewußtsein und mit noch mehr Freude und in bedingungsloser Liebe. Amen.

Zu meiner Person:
Ich wurde im Zeichen der Zwillinge in der Eifel geboren, meine Eltern bewirtschafteten ihren eigenen Bauernhof. Seit meiner Geburt hatte ich erdhaftende Seelen aus meiner Verwandtschaft bei mir, die mir mit zunehmendem Alter immer mehr Angst machten. Anfangs gehörten sie zu meinem Leben einfach dazu, später wurde mir der allgemeine Glaubenssatz eingeredet, was nicht alle sehen können, gibt es nicht, und ganz speziell, Geister gibt es nicht.
Das machte mir Angst, weil dann klar wurde, daß nicht alle Menschen diese Seelen sehen konnten, ich also nicht „normal" war, und ich wollte doch gerne dazu gehören. Ich verdrängte dieses Sehen, und mein Gefühl dazu ebenfalls. Eine Angst entwickelte sich vor den Dingen, die andere nicht sehen können, eben weil ich ja dann nicht normal bin. Alpträume waren die Folge, da ich nicht mehr an mich und mein Gefühl glaubte, aber diese Seelen sich doch zeigen wollten, sie wollten schließlich helfen und sahen in meiner Aura, daß ich einen Weg finden würde, sie ins Licht zu begleiten, oder begleiten zu lassen. Früher war es so, daß ich angepasst war, aber trotzdem war niemand zufrieden mit mir, am wenigsten ich selber. Ich entfernte mich immer mehr von meinem Gefühl und damit von mir , von meiner Seele. Die Seelen sah ich schon lange nicht mehr, hatte nur einige wenige prophetische Träume, bekam einen Sohn, heiratete, arbeitete ganz normal und ließ mich scheiden. Eine Nahtoderfahrung brachte mich meiner

eigentlichen Sehnsucht, dem Spirituellen, wieder näher. Ich heiratete erneut, die Sehnsucht irgendwo dazu zu gehören trieb mich immer weiter. Auch diese Egoverbindung scheiterte, ich ließ mich erneut scheiden. Immerhin wurde mir langsam bewußt, daß ich keine solche Partnerschaft mehr wollte.

Mein Sohn ging für zwei Jahre mit seinem Vater ins Ausland, mein erster Mann ist Italiener. Es zerbrach mir fast mein Herz, aber tief in mir wußte ich um die Richtigkeit dieses Weges.

In diesen zwei Jahren ging ich in die Meditation, die eine Beraterin mir mit auf meinem Weg gab, bekam die Anbindung an den lieben Jesus und lernte meine verstorbene Mutter endlich lieben. Wir lieferten uns solange sie lebte einen erbitterten Machtkampf, den ich mit ihrer Hilfe und natürlich mit Hilfe vom lieben Jesus auflösen durfte. Heute unterstützt sie mich manchmal in meiner Arbeit. Da sie auf der anderen Seite Seelen zu besonderen Aufgaben einteilt, nimmt sie sich einer Verstorbenen besonders an, weil ich dieser Dame viel zu verdanken habe. Ich arbeitete auf verschiedenen Hotlines, um mehr Erfahrung und Sicherheit zu bekommen. Ich ließ mich mehr und mehr nur noch von ihm führen, löste nach und nach viel von meinem Ego auf und kommuniziere mittlerweile mit Jesus und mit dem lieben Gott.

Es war nicht immer leicht, oft schon dachte ich, dass ich es nicht mehr schaffe, daß ich einfach zurück in die geistige Welt möchte. Jedesmal war dann der liebe Jesus da, der mich daran erinnerte, daß sie mir schon gesagt hatten, daß es nicht leicht würde. Aber daß sie mir Hilfe versprochen hatten und ich sie nur annehmen brauch-

te, manchmal auch um Hilfe bitten sollte, damit die geistige Welt mich unterstützen darf.
Es war nicht leicht, aber es hat sich wirklich gelohnt. Viele Stationen habe ich mit ihnen schon bewußt durchlaufen. Wir bilden zusammen aus, damit alle ihr Potential entfalten können, geben Gruppenseminare-mit kleinen Gruppen-, damit möglichst viele Ihr Ego auflösen können und wieder lernen, gemeinsam den Weg zu gehen. Auch Paarseminare geben wir, damit die göttliche Ordnung auch in der Partnerschaft ihren Einzug hält und Kommunikation, echte Harmonie, echte Partnerschaft und dadurch auch ehrliche, seelische Verbundenheit und Treue wieder möglich ist. Dann ist Heilung im ganzheitlichen Sinne gewährleistet. Er hilft den Männern die Führungsrolle in einer liebevollen Art und Weise zu leben, den Frauen ihre Weiblichkeit lieben und leben zu lernen, damit wieder der Eine den Anderen sinnvoll ergänzen kann.
Auch Channelabende und Karmalösung, Heiraten auf der Seelenebene, werden - von uns unterstützt, durchgeführt.
Bei Interesse und Anfragen: Wilhelmine7@web.de

Anhang

Weitere Infos unter der Homepage www.wilhelmine-peters.de

Weil unser Weg uns immer weiter in das Göttliche führt, stellen sich uns natürlich immer wieder neue Aufgaben und Herausforderungen. Alles entwickelt sich weiter, wir verändern uns und mit uns verändert sich die Wahrnehmung der Welt und schließlich auch die Welt.

Während des Schreibens habe ich viel dazugelernt, ich freue mich darüber, dieses Wissen weiterzugeben, damit alle wieder die direkte Anbindung an den lieben Gott bekommen können.

Ich freue mich auf das erneuerte Atlantis und seine Bewohner.

Danke,
sage ich natürlich dem lieben Jesus, der soviel Geduld mit mir hat und auch schon mal streng wurde, wenn ich stur stehen bleiben wollte.
Danke sage ich auch meiner verstorbenen, lieben Mama, da sie mich sehr unterstützt und viele Dinge in der geistigen Welt weiterführt.
Danke sage ich auch meiner Familie, meinen Schwestern und meinem Papa.
Durch meine Schwestern habe ich gelernt, auf mein eigenes Gefühl zu hören und danach zu handeln. Ich konnte mich nämlich noch so sehr bemühen, ihnen alles Recht zu machen, ihnen war es nie genug. So lernte ich Grenzen zu setzen.
Meinem Papa sage ich, irgendwann reden wir auf der Seelenebene und lachen gemeinsam mit meiner Mama, so wie wir es früher oft getan haben.
Danke sage ich allen Menschen, die durch ihr Ego mein Ego gespiegelt und meine Lernaufgaben dargestellt haben und ich so viel lernen durfte.
Und natürlich danke ich den Seelen, die ich ins Licht führen durfte, und den ersten Seelen natürlich, die immer an mich geglaubt haben und die ich früher ins Licht bringen ließ, da ich dies selber noch nicht konnte.
Danke sagen wir auch den Lesern, vor allen Dingen jenen, die bereit sind, ihr Ego aufzulösen, mit diesem Wissen zu arbeiten und damit der Erde helfen, zu einem Ort der bedingungslosen Liebe zu werden. Auch helfen diese Menschen ganz besonders anderen Menschen ihren Weg zu finden, da sie Vorbildfunktion übernehmen und bei anderen die Angst vor Veränderung mildern.

1212753R0

Printed in Germany by
Amazon Distribution
GmbH, Leipzig